Für die frechen Spatzen

1. Auflage

Verlegt durch Egmont Verlagsgesellschaften mbH
Alte Jakobstraße 83, 10179 Berlin

Die englische Originalausgabe erschien 2018
unter dem Titel »Picklewitch and Jack«
bei Faber & Faber Limited
Bloomsbury House, 74–77 Great Russell Street, London, WC1B 3DA

Aus dem Englischen von Antje Görnig
Umschlagadaption: Achim Münster
Satz: PPP, Pre Print Partner GmbH & Co. KG, Köln, www.ppp.eu
Printed in the EU
ISBN 978-3-505-14289-5
www.schneiderbuch.de

CLAIRE BARKER

Paul und die Klettenhexe

Illustrationen von Teemu Juhani

Aus dem Englischen von Antje Görnig

Schneiderbuch
EGMONT

INHALT

Vorwort:

Fremde Eindringlinge

Seit der Mittagszeit tobte ein heftiger Sturm. Er schüttelte die Sträucher, rüttelte an der Wetterfahne und pfiff durch die Schlüssellöcher. RUMS und BUMS machten die Blumentöpfe. QUIETSCH und KLAPP machten die rostigen Tore. Das Getöse war gewaltig. Es erschütterte das alte Anwesen bis in die Wurzeln.

»Was für ein herrliches Wetter!«, rief das seltsame kleine Mädchen, das hoch oben in den Ästen des alten Walnussbaums saß. »Huiii!«, quiekte es und hielt seinen spitzen Hut fest, denn der Baum schwang hin und her wie eine Schiffschaukel. Auf seiner Latzhose saßen Vögel, und seine Haare waren rot wie die Brust eines Rotkehlchens. »SCHNELLER!«, rief es lachend. »MEHR!«

Wie auf Kommando erhob sich daraufhin ein Wirbel aus kupferbraunen Blättern vom Boden. Sie drehten und drehten sich, bis sie zu einer riesigen unheimlichen Schattengestalt verschmolzen, die noch größer war als der Baum. Die Gestalt bäumte sich auf und gab ein grausiges Heulen von sich, das kilometerweit die Dachpfannen zum Rattern brachte.

»Ein Sturmwolf!«, staunte das Mädchen und sah voller Bewunderung zu ihm auf. »Sapperlottchen!« Es klatschte begeistert. »Bravo!«

Das Ungeheuer verbeugte sich huldvoll. Dann ließ es sich wieder auf alle viere herab und stieß die Mülltonnen um, dass es nur so schepperte. Als es weitermachen wollte, spitzte es plötzlich die Ohren. Das Brummen eines Motors und das Knirschen von Reifen auf dem Kies waren zu hören. Der Sturmwolf fiel augenblicklich zu einem lauen Windchen zusammen und verschwand hinter dem Gartenschuppen.

Ruckartig drehte sich das Mädchen um. Es hielt schnuppernd die Nase in die Luft, und die Vögel auf seiner Latzhose

flogen mit schrillen Schreien in den Himmel. »Wer da?«, murmelte es und griff nach seinem Fernglas. »Wer seid ihr Eindringlinge? Freund oder Feind?«

In der Einfahrt ging es so geschäftig zu wie auf einer Ameisenstraße. Ein Klavier, Betten und Stühle wurden aus dem großen gelben Umzugswagen schnurstracks ins Haus befördert. »Häuslinge in Sicht!« Das Mädchen blickte finster drein und schüttelte einen Sperling ab, der auf seiner Schulter saß. »Fledermausdreck noch mal!«

Unten auf dem Boden sprang ein Junge vom Beifahrersitz des Lastwagens. Das Mädchen putzte die Linsen seines Fernglases und sah ihn sich genauer an.

Der Junge war anscheinend im gleichen Alter wie sie, und sie waren wohl auch gleich groß, aber mehr Gemeinsamkeiten gab es nicht. Das Mädchen betrachtete die sauberen Schuhe und die zugeknöpfte Strickjacke des Jungen, dann fiel ihm auf, was für glänzende glatte Haare er hatte. Es griff sich an den Kopf: Es selbst hatte ganz andere Haare; strubbelig und voller Flaumfedern und Zweige. Manchmal versteckten sich die frechen Spatzen darin.

Dann musste es mit einem Stock nach ihnen schlagen, um sie zu vertreiben.

»Eine sonderbare Person«, sagte das Mädchen geziert. »Sehr eigenartig und seltsam. Und auch noch schlechte Manieren! Kommt einfach so anmarschiert, ohne Einladung.« Sein Magen knurrte, und es rückte seinen Hut zurecht. »Hoffentlich hat er wenigstens Kuchen mitgebracht.«

1

Guck-guck! Uhuuu!

Haus Krähenhorst hatte seit Jahren leer gestanden. In dem alten, schaurigen Gemäuer war es kalt und muffig. Überall knarrte und quietschte es, und es gab eine Menge geheimnisvoller Winkel und Ecken. Die halb ausgepackten Kisten, die überall herumstanden, wirkten im Dämmerlicht richtig unheimlich, und die Kleider an den Rollständern sahen aus wie Gespenster.

Paul hatte sich in seinen Schlafsack verkrochen. Seine Nackenhaare kribbelten, und er lag mit weit geöffneten Augen da. Er hatte das Gefühl, beobachtet zu werden. Dieses merkwürdige Gefühl hatte ihn seit der Ankunft nicht mehr losgelassen. Zu allem Übel war der Wind wieder stärker geworden. Er fegte ums Haus, polterte über das Dach und bollerte gegen die Türen. Paul hörte, wie die Bäume im Garten rauschten und knarzten, und hielt sich die Ohren zu.

Als ihm seine Mutter davon erzählt hatte, dass sie ein altes Haus mit einem Stück Land geerbt hatten, war Paul ins Träumen gekommen. Er hatte an eine große Wiese zum Fußballspielen und ein paar Apfelbäume zum Klettern gedacht. Er hatte gehofft, dass es dort ein Gewächshaus gab, eine Schaukel und vielleicht sogar Platz für ein Trampolin.

Aber der Garten kam ihm eher vor wie aus einem Gruselmärchen. Er war von einer hohen bröckelnden Mauer umgeben, die mit dicken Spinnweben überzogen war. Da, wo die Nässe in das Mauerwerk eingedrungen war, befanden sich hässliche dunkle Flecken. Die stacheligen Brombeerranken, die über die Mauer hinwegwucherten, schrien förmlich »Betreten verboten!«. Der einzige Eingang – eine klapprige blaue Holztür – war mit Efeuranken zugewachsen, und durch die rostigen Angeln zwängten sich Farnkräuter. Oben am Himmel drehten Raben und Krähen wachsam ihre Runden und stießen grelle Warnschreie aus. Der Garten war abschreckend, sonderbar und gefährlich. Er gefiel Paul überhaupt nicht.

Paul linste durch den offenen Reißverschluss seines Schlafsacks und sah Schatten von dürren Ästen vor seinem Fenster. *Die sehen wie die Arme von alten Männern aus,* dachte er, *als wollten sie nach mir greifen* ... Voller Panik sprang er aus dem Bett, zog die Vorhänge fest zu und verschwand mit einem Satz wieder in seinem Versteck. Sein Herz klopfte heftig.

Er versuchte, ruhig und gleichmäßig zu atmen. *Sei nicht albern, Paul, hier beobachtet dich niemand. Denk doch mal nach! Bäume haben keine Arme, folglich können sie auch nicht greifen. Ein Baum ist schlicht und einfach ein Baum. Und das da draußen sind nur Schatten. Kein Grund zur Sorge!*

Paul war auf seiner letzten Schule drei Mal in Folge als »vernünftigster Junge des Jahres« ausgezeichnet worden. Er war eigentlich kein Fan von wilden Fantasien. Er wusste nämlich, dass es für alles eine logische Erklärung gab, wenn man sich nur bemühte, sie zu finden. Er holte tief Luft, schloss die Augen und sagte Einmaleins-Reihen auf, bis sich sein Herz beruhigt hatte. »Zehn mal vierundzwanzig ist zweihundertvierzig, elf mal vierundzwanzig ist zweihundertvierundsechzig, zwölf mal vierundzwanzig ist zweihundertachtundachtzig.«

Schließlich traute er sich, ein Auge zu öffnen. Von den unheimlichen Schatten vor dem Fenster war nichts mehr zu sehen. Paul war sehr erleichtert. *Der Wind heult auch gar nicht mehr,* dachte er und lauschte aufmerksam. *Jetzt klingt es eher wie UHUUU. Das ist schon etwas anderes. Eulen machen UHUUU, und Eulen sind ein Bestandteil der Natur. Völlig normal.* Zum ersten Mal seit der Ankunft erschien ein Lächeln in seinem Gesicht.

Paul beschloss mutig, einen Schritt weiter zu gehen. *Ich möchte die Sterne sehen, aber das kann ich nicht, wenn die Vorhänge zu sind,* dachte er. Also krabbelte er aus seinem Schlafsack und tappte über den knarrenden Holzboden zum Fenster. *Wer weiß? Vielleicht werde ich eines Tages Astronaut, und dann muss ich alles über den Nachthimmel wissen.* Er riss die Vorhänge mit einem kräftigen Ruck auf.

Ein schmutziges kleines Gesicht starrte ihn durch die Scheibe an. »HUUU«, machte es. »UHUUU!«

Paul rannte schreiend aus seinem Zimmer. »MAMA! MAAAMA! MAAAAMA!«, rief er.

»Paul?« Seine Mutter kam im Sturmschritt die Treppe hoch. »Paul, ist alles in Ordnung? Was ist denn los?«

»Da ist ein Mädchen!«, wimmerte er und zeigte auf seine Zimmertür. »Sie ist draußen am Fenster und guckt rein! Sie hat … einen Hut auf!«

»Einen Hut? Was für einen Hut? Ein Mädchen? *Was?*« Pauls Mutter lief den Flur zu seinem Zimmer entlang und knipste das Licht an.

»Einen ... spitzen Hut«, sagte Paul und versteckte sich hinter ihr.

Seine Mutter spähte nach draußen in die Dunkelheit. »Da ist nichts, Paul. Komm her und überzeug dich selbst.«

Paul trat zögernd ans Fenster. »Aber gerade war sie noch da!«, beteuerte er. »Großes Indianerehrenwort! Sie hat ›Huuu Uhuuu‹ gemacht.«

»Ach, Paul.« Seine Mutter seufzte. »Das ist doch nur das stürmische Wetter. Wie soll denn bitte ein kleines Mädchen bis nach oben zu deinem Fenster im Dachgeschoss gelangen? Noch dazu im Dunkeln? Solche Verrücktheiten passen gar nicht zu dir – sonst bist du immer so vernünftig.« Sie zog eine Augenbraue hoch. »Wie lautet unser Grundsatz? ›Tatsachen, keine Hirngespinste!‹ Schon vergessen?«

»Aber sie war tatsächlich da, Mama«, sagte Paul leise und schaute hinaus in den dunklen Garten, bis die kalte Fensterscheibe von seinem Atem beschlug.

Seine Mutter zog die Vorhänge wieder zu und half ihm in seinen Schlafsack. »Du hast dein Spiegelbild in der Fensterscheibe gesehen, Paul. Das ist die einzige logische Erklärung. Und jetzt versuch zu schlafen. Morgen ist ein großer Tag.« Sie hielt einen Moment inne, setzte sich auf die Bettkante und drückte ihm die Hand. »Ich hoffe sehr, dass du hier glücklich wirst, Paul«, sagte sie liebevoll. »Du hast einen guten Freund verdient. Ich weiß, dass du es in letzter Zeit nicht leicht hattest, aber das hier kann ein Neubeginn für uns beide sein: für mich mit meinem neuen Job in der Praxis und für dich mit deinem Stipendium. Ab jetzt wird alles besser, das verspreche ich dir.« Sie stand lächelnd auf. »Weißt du was? Ich backe dir Muffins zum Mitnehmen. Die kannst du dann in deiner Klasse verteilen. Muffins mag schließlich jeder! Du sollst doch einen guten Start haben, nicht wahr?« Sie gab ihm einen Kuss auf die Stirn. »Und mach dich nicht im Voraus verrückt.«

Sie schaltete das Licht aus und schloss behutsam die Tür, als sie das Zimmer verließ. Paul verkroch sich ganz tief in seinen Schlafsack, kehrte dem Fenster den Rücken zu und kniff die Augen fest zusammen. Es war still draußen. Kein HUUU war mehr zu hören. Er zählte seine Herzschläge auf Spanisch, dann auf Russisch und dann auf Chinesisch. Und irgendwann fiel er in einen unruhigen Schlaf voller

Albträume mit verwucherten Märchenwäldern und streunenden Wölfen.

Zum Glück hörte er nicht, wie etwas mit einem kräftigen BUMS in dem Gebüsch unter seinem Fenster landete – dann hätte er bestimmt gar nicht schlafen können.

2

Ein räuberischer Vogel

Paul machte sich am Morgen gut gelaunt auf den Weg zur Schule. Er schwenkte vergnügt die Tüte mit den frisch gebackenen Muffins, die noch warm waren. Trotz der merkwürdigen Vorgänge in der Nacht war er putzmunter. »Es war die erste Nacht in unserem neuen Haus«, sagte er sich, als er beschwingt die Straße hinunterging. »Da sind schlechte Träume wirklich nichts Besonderes. Kein Grund zur Sorge!« Er hatte einen aufregenden Tag vor sich: eine neue Schule, neue Lehrer und vor allem eine Möglichkeit, neue Freunde zu finden. Es war der Beginn eines spannenden Abenteuers, und er wollte sich diesen Tag durch nichts und niemanden verderben lassen.

Paul war ein Spitzenschüler. Er war hervorragend in Mathe, supergut in den Naturwissenschaften und ausgezeichnet in Englisch. Mit seiner Rundum-Begabung hatte er das Zeug zum Schulsprecher. In seiner letzten Schule hatte er einen Spitznamen gehabt: »Herr Oberschlau« hatten ihn die anderen Kinder genannt. Als bekannt wurde, dass er ein Stipendium für die Maria-Makellos-Schule für Hochbegabte bekommen hatte, hatten seine Klassenkameraden vor Freude gejubelt. Im Gegensatz zu den Lehrern: Die hatten geweint.

Die Sonne schien, und Paul pfiff fröhlich vor sich hin. Dabei machte er Pläne für die Zukunft und begann, mit sich selbst zu reden. »Eines Tages werde ich ein berühmter Wissenschaftler!« Er lächelte und betrachtete voller Stolz das goldene Löwenwappen auf der Brusttasche seiner Jacke. »Ich werde der beste Schüler der Schule. Ich spendiere den anderen Muffins und finde viele neue kluge Freunde. Mich wird niemand mehr beschimpfen und in Pfützen schubsen!«

Eins sah er allerdings nicht kommen: den großen Klecks Taubendreck, der mit einem PLATSCH auf seiner neuen

Schuluniform-Jacke landete – genau auf dem hübschen Wappen. Paul sah entsetzt an sich hinunter. In dem Moment flog ein einbeiniger Vogel heran, riss ihm die Tüte mit den Muffins aus der Hand und flatterte rasch wieder davon. »He!«, rief Paul und lief ihm nach. »Du Dieb! Gib mir die Tüte zurück!«

Die Taube startete durch und flog hoch hinauf in den Himmel. Aber schon nach kurzer Zeit sackte sie ab, und die Tüte mit den Muffins schleifte wie ein schlaffer Party-Ballon über den Boden – nur wenige Meter vor Paul. Doch dann gelang es der Taube, noch einmal aufzufliegen, und sie flüchtete in den Wald, der an die Straße grenzte. Hinter einem großen Busch landete sie.

Paul folgte ihr schnaufend und schwitzend. Als er aber bei dem Busch ankam, war die räuberische Taube verschwunden. An der Stelle, wo sie hätte sein müssen, saß ein kleines Mädchen und verputzte seine Muffins.

»Was soll das?« Er sah sich verwirrt nach der einbeinigen Taube um. »Wo ist sie? Und wer bist du? Gib mir meine Muffins zurück!« Sie hatte sich gerade einen in den Mund gestopft. Er wollte ihr die Tüte wegnehmen, aber sie hielt sie fest umklammert.

Paul starrte sie grimmig an, und plötzlich riss er die Augen auf. »Moment mal ... *Du* bist das! Dich gibt es wirklich! Du hast gestern Abend durch mein Fenster geguckt!«

»Hab ich nich«, nuschelte sie und schluckte den Rest des Muffins hinunter.

»Doch, doch, hast du!«, erwiderte Paul. »Was fällt dir ein! Du kannst nicht einfach so Leute erschrecken, die im Bett liegen, und ihnen den Kuchen klauen! Was glaubst du, wer du bist?« Er sah sich ihre komische Jeans-Latzhose an und ihren noch komischeren Hut. Sein Gehirn versuchte zu verstehen, was seine Augen sahen. Ja, wer war sie eigentlich? Sie sah ungefähr so alt aus wie er, aber ganz anders als alle Kinder, die er kannte.

Die Klettenhexe Klarinde schüttete sich seelenruhig die letzten Krümel aus der Tüte in den Mund. Die meisten landeten auf ihrer Hose. »Du bist sehr unhöflich.«

Paul warf empört einen Blick auf den Taubendreck an seiner Jacke – dann sah er entgeistert auf seine Uhr. »Oh nein!«, rief er. »Jetzt komme ich zu spät. Und das an meinem ersten Tag!«

Er nahm seinen Rucksack und rannte los. »Wer immer du bist, das ist alles deine Schuld!«, rief er über die Schulter. »Ich weiß nicht, was du willst, aber ... hau einfach ab, OKAY? Halt dich von mir fern, sonst ... sonst rufe ich die Polizei – hast du verstanden?«

Klarinde stand auf und sah Paul nach, bis er nur noch ein kleiner Punkt war. Sie dachte daran, wie lecker die kleinen Kuchen gewesen waren, und ihr kam eine grandiose Idee. Vögel stürzten von den Bäumen herab und pickten die restlichen Krümel von ihrer Hose, während sie überlegte. Als alle Krümel beseitigt waren – und die Vögel hatten ganze Arbeit geleistet –, stand ihre Entscheidung fest.

Und wenn die Klettenhexe sich einmal etwas in den Kopf gesetzt hatte, brachte sie nichts und niemand mehr davon ab.

3

Große Träume

Paul saß an seinem Schultisch und genoss die warmen Sonnenstrahlen, die durch die hohen Gitterfenster hereinfielen. Beim Anspitzen seiner neuen Stifte dachte er daran, was für ein Riesenglück er hatte, an einer so angesehenen Schule zu sein, wo es nur Einser-Schüler wie ihn gab. Hier war er genau richtig.

Sein neues Klassenzimmer war exakt so, wie er es sich erträumt hatte. In den Fluren roch es nach Bohnerwachs, und die Böden glänzten. Holztische und Stühle standen in ordentlichen Reihen hintereinander, an den Wänden hingen alte Landkarten, und über den Türen prangten lateinische Sprüche in goldener Schrift. Sein Klassenlehrer Professor Helle war wahnsinnig klug. Er trug eine schwarze

Robe, wie im Film. Und es gab sogar einen Schulkater, der Newton hieß. Er war orangerot wie ein Sonnenuntergang und döste immer auf der Fensterbank.

Paul fand, dass der Klassenraum einer alten Bibliothek ähnelte: kein Geplapper, keine störenden Geräusche, nur stilles Arbeiten. Er musterte unauffällig seine begabten Klassenkameraden, die über ihren Büchern saßen. Hoffentlich wollten sie seine Freunde sein! Ihn hatte zwar noch keiner begrüßt, aber das lag wahrscheinlich daran, dass sie alle sehr viel zu tun hatten.

Als er hinter sich schaute, sah er, dass Chan, das Mathe-Genie, an einer komplizierten Gleichung arbeitete. Das Geigentalent Viola hatte konzentriert die Stirn in Falten gelegt. Sie komponierte gerade eine Symphonie. Neben dem rappelvollen Pokalschrank saß Kalim. Er war damit beschäftigt, ein altes Gedicht in zehn verschiedene Sprachen zu übersetzen. Astrid, die Nachwuchs-Astrophysikerin des Jahres, schrieb einen wissenschaftlichen Aufsatz über den Ursprung der Sterne. Ihr Stift flog mit Lichtgeschwindigkeit über das Papier.

Sie waren die Besten der Besten, allererste Sahne, die Kirschen auf der Torte – und nun gehörte Paul dazu. Endlich hatte er die richtige Schule gefunden.

Er drehte sich um und ließ seinen Blick über die ebene grüne Rasenfläche vor dem Fenster schweifen. Er bewunderte auch den sprudelnden Springbrunnen und die akkurat geschnittenen Hecken. Es gab nicht die geringste Spur von Unkraut. Paul war noch nie an einem Ort gewesen, wo alles so ordentlich war. In einiger Entfernung war das große, kunstvoll geschmiedete Schultor zu sehen. Durch einen plötzlichen Windstoß öffnete es sich, und das bunte Herbstlaub wirbelte nur so die Straße hinunter.

Paul begann zu träumen. Er versuchte, sich vorzustellen, wie es bei Chan zu Hause aussah. Ob er ihn eines Tages zum Tee einladen würde? Er war noch nie zum Tee eingeladen worden. Musste er dann seinen eigenen Taschenrechner mitbringen? Und womöglich lud Viola ihn mal zu einem Konzert ein. Ein Konzert hatte er auch noch nie besucht. Würde Kalim ihm vielleicht eine neue Sprache beibringen? Portugiesisch wäre bestimmt sehr nützlich ...

Paul war so in Gedanken versunken, dass er kaum mitbekam, wie sein Lehrer zur Tür hereinkam und jemanden ins Klassenzimmer führte. Newton sprang sofort auf, sträubte sein Fell und fauchte.

»Kinder!«, rief Professor Helle. »Was für eine Überraschung! Allem Anschein nach haben wir heute nicht nur einen neuen Schüler, sondern auch eine neue Schülerin bekommen!« Das Mädchen, das neben ihm stand, wippte auf seinen Stiefelabsätzen vor und zurück und starrte Newton böse durch ein altes, zerkratztes Fernglas an.

»Oh nein!«, wisperte Paul erschrocken. »Nein, nein, nein. Nicht sie – jeder andere, aber nicht SIE!«

»Also, das hier ist ...« Professor Helle stockte. »Entschuldige bitte, ich habe leider deinen Namen vergessen. Wer bist du?«

Das Mädchen griff unter seinen spitzen Hut, kramte ein bisschen herum und zog ein großes Blatt von einem Baum hervor. »Meine Visitenkarte«, sagte es. Professor Helle nahm das Blatt entgegen. Ein einziges Wort war mit schwarzem Schlamm daraufgeschrieben. Manche Buchstaben waren groß, manche klein, aber da stand ganz eindeutig:

»Wie sonderbar!« Er runzelte die Stirn. »Was ist denn bitte eine Klettenhexe?«

Das kleine Mädchen ließ sein Fernglas sinken, und zwei funkelnde grüne Augen kamen zum Vorschein. »Na, *ich* bin natürlich eine Klettenhexe. Ist das nicht offensichtlicht? Was für eine Unhöflichkeit! So ein frutzeliger Dummerjan! Das geht nicht. Das geht gar nicht.« Sie sah ihn durchdringend an und rief: »BEDUSELFIX!«

Im nächsten Moment kam eine dicke Biene aus dem rechten Ohr von Professor Helle geflogen und drehte einen Looping. Dann sauste sie davon. Den Verstand des Professors nahm sie scheinbar mit, denn er warf plötzlich die Arme in die Luft und machte ein kleines Tänzchen. Seine scharfen Adleraugen wurden so groß und rund wie die einer liebeskranken Eule. »Natürlich! Wirklich dumm von mir. Du bist das Mädchen mit ... äh ... mit der besonderen Begabung!« Er kratzte sich verwirrt am Kopf. »Um welche es sich handelt, ist mir offenbar auch entfallen. Aber wie dem auch sei, herzlich willkommen, liebe Klettenhexe! Herzlich willkommen an der Maria-Makellos-Schule für Hochbegabte!«

Paul wurde heiß und kalt zugleich. »Sie hat KEINE Begabung, sie ist nur eine verrückte KUCHENDIEBIN!«, wollte er rufen, aber vor lauter Panik brachte er kein Wort heraus.

»Neben wem möchtest du gern sitzen?«, fragte Professor Helle freudestrahlend. Er wirkte irgendwie benebelt. »Neben Chan vielleicht? Oder neben Astrid?«

Aber die Klettenhexe brauchte niemanden, der ihr sagte, was sie zu tun hatte. Sie schnappte sich einen Tisch und zog ihn quer durch die Klasse. Die Metallbeine schrammten mit einem furchtbaren Quietschen über den Boden. Paul versuchte, sich unsichtbar zu machen, und rutschte auf seinem Stuhl immer tiefer nach unten. Doch sie kam näher und näher, bis sie schließlich direkt neben ihm war.

Dann holte sie sich noch einen Stuhl und ließ sich daraufplumpsen. Ihren schmuddeligen Rucksack warf sie auf den Boden. Paul rümpfte die Nase: Sie roch merkwürdig, irgendwie erdig, nach gefrorenem Laub und Pilzen. »Puh! Hallo, du da, erinnerst du dich an mich?«, sagte sie laut. Ihre Augen blitzten vor Übermut. »Ich wette, du hast gedacht, du siehst Klarinde nie wieder. Aber da bin ich! ÜBERRASCHUNG!«

Paul machte den Mund auf und zu wie ein Fisch, doch es kam kein Ton heraus. »Ist schon gut«, sagte sie und tätschelte ihm die Hand. »Du musst dich nicht bei mir bedanken. Von jetzt an halten wir zusammen. Das machen beste Freunde nämlich. Klarinde und Paul, Paul und

Klarinde – die allerdickstesten Freunde!« Sie grinste von einem Ohr zum anderen, und Paul sah, dass ihr ein Zahn fehlte. »Wir werden unzertrennlich sein!«

Paul wurde knallrot im Gesicht. Es war ihm furchtbar peinlich, von der ganzen Klasse angestarrt zu werden. »Du hast immer noch dieses ... unmögliche ... Hexenkostüm an«, zischte er Klarinde zu.

Sie lächelte ihn an. »Ich dachte, du wärst so schlau! Ich bin nicht als Hexe verkleidet, ich ziehe mich einfach an wie eine Hexe. Das ist ein Unterschied. Und außerdem …« Sie musterte seine rote Jacke. »Siehst DU wie ein CLOWN aus!« Sie kniff ihn in die Nase, und ein lautes Pupsgeräusch ertönte. Klarinde fand das ungeheuer witzig, und zu Pauls Entsetzen ließen die anderen Kinder ihre Bücher sinken und kicherten.

»Das habe ich nicht gemeint, und das weißt du!«, sagte er mit zusammengebissenen Zähnen. »Du gehörst nicht hierher! Und wir sind auch keine Freunde. Ich habe dir gesagt, dass du dich von mir fernhalten sollst! Du kannst nicht hierbleiben. Du musst gehen. Du … du trägst ja nicht mal die richtige Schuluniform!«

»MEINE Uniform ist perfekt!« Klarinde richtete ihren spitzen Hut und zupfte eine Feder aus ihrem Ohr. »MEINE Uniform hat besondere Eigenschaften. Sie hat zum Beispiel eine erstklassige Spinnentasche.« Ihre Augen leuchteten auf. »Oh, willst du die Spinne sehen? Sie ist irgendwo da drin …« Sie griff tief in die Brusttasche ihrer Latzhose.

»Wie schön, dass du dich so schnell bei uns eingewöhnst, liebe Klettenhexe«, sagte Professor Helle lächelnd und betrachtete überrascht den kleinen Farnwedel, der plötzlich aus seinem Tintenfass wuchs. »Es ist immer leichter, wenn man schon einen Freund hat.«

»Aber ... aber ...«, stotterte Paul verzweifelt. Niemand beachtete ihn. Alle waren viel zu beschäftigt damit, seine seltsame neue »Freundin« zu bewundern.

4

Guten Appetit!

Die Mittagspause stand kurz bevor, und Paul atmete erleichtert auf. Es war DIE Gelegenheit, um die Klettenhexe loszuwerden. Als es klingelte, sprang er auf und rannte los. Aber Klarinde war schnell wie der Blitz und empfing ihn mit einem verschmitzten Grinsen an der Tür.

»Eine ausgezeichnete Idee, Paul!«, rief Professor Helle und gab seinem Farn etwas Wasser. »Es ist gut, wenn du dich im Speisesaal um sie kümmerst. Der erste Tag ist immer schwierig. Da ist es hilfreich, einen Freund an der Seite zu haben.«

»Aber sie ist NICHT meine Freundin«, brummelte Paul und stapfte hinter Klarinde her, die mit ihrem Hut in der

Hand zum Speisesaal hüpfte. »Sieht sie etwa wie meine Freundin aus? Wohl eher nicht!«

Er suchte sich verärgert einen Tisch und warf seine Pausenbrotdose mit einem lauten Klappern hin. Seine Klassenkameraden aßen an verschiedenen anderen Tischen in Ruhe ihre Butterbrote. Kaum hatte er sich hingesetzt, gesellte sich Klarinde zu ihm. Sie kippelte mit ihrem Stuhl und betrachtete seine Dose mit gierigen Blicken.

»Weißt du was?«, sagte sie auf einmal und brach das eisige Schweigen. »Wir könnten doch unsere Pausenbrotdosen tauschen.« Es klang, als wäre es ihr gerade erst eingefallen und nicht schon die ganze Zeit ihr Plan gewesen. »Hast du vielleicht, rein zufälligst … noch mehr köstlichen Kuchen in der Dose?«, fragte sie und leckte sich die Lippen.

Paul sah sie giftig an und ergriff seine Dose. »Jetzt pass mal auf! Ich teile überhaupt nichts mit dir, niemals! Verstanden?«

»Also, das solltest du aber«, entgegnete Klarinde und klimperte mit den Wimpern. »Wir sind schließlich Freunde, und Freunde teilen nun mal.«

»Wie oft muss ich es denn noch sagen? Wir sind keine Freunde, und deshalb muss ich auch nichts mit dir teilen.« Paul hielt seine Pausenbrotdose fest und schaute weg.

Klarinde zog ihre Latzhose hoch. »Wie du willst.« Ohne weitere Vorwarnung stieg sie auf ihren Stuhl, warf den Kopf in den Nacken und schmetterte ein unanständiges Lied über die Pupse von Dachsen.

Der Dachs hat eine Hose an,
und darin pfeift der Wind.
Und wenn er viel gegessen hat,
dann riecht's, da wirst du blind!
ÜBER BERGE UND DIE SEE WEHT EIN GERUCH –
OH JE!
Wenn bei ihm die Winde gehn,
hör die Geräusche, die er macht.
Dann pupst und knattert es ganz doll,
das ist 'ne wahre Pracht!
ÜBER BERGE UND DIE SEE WEHT EIN GERUCH –
OH JE!

Versuchst die Dachse du zu seh'n,
Kaum schaffen wirst du das jedoch.
Sie wohnen nämlich ganz weit unten,
in einem tiefen Loch!
ÜBER BERGE UND DIE SEE WEHT EIN …

»KOMM SOFORT RUNTER!«, zischte Paul. Auf einmal war es totenstill im Speisesaal. Alle schauten zu ihnen herüber. »Okay, na gut, ich gebe dir meine Dose, aber *bitte* sei still!«

»Gewiss doch«, sagte sie und hörte sofort auf zu singen. »Das ist sehr freundlichst von dir. Gutes Benehmen ist Hexen wichtig.« Sie kam von ihrem Stuhl herunter und schnappte sich Pauls Pausenbrotdose. Als sie sie öffnete, quietschte sie vor Freude: Es waren zwei dick belegte Käsebrote darin, eine Mini-Tüte Chips und – das war das Beste – drei kleine Törtchen mit rosa Zuckerguss. Sie stopfte alles in sich hinein, als wäre sie am Verhungern, dann rülpste sie laut und tupfte sich manierlich den Mund mit einer Serviette ab.

»Siehst du? War doch gar nicht so schwer, oder?«, sagte sie vergnügt und nahm ihre eigene ungeöffnete Pausenbrotdose aus ihrem alten Rucksack. »Jetzt bist du dran. Hier sind ganz viele Leckerlichkeiten drin. Die frechen Spatzen haben sie extra für meinen ersten Schultag hergerichtet.«

Paul sah sich die Pausenbrotdose an. Sie war anscheinend aus Teilen eines alten Vogelnests gemacht. Und darin befanden sich – auf einem Polster aus Moos und Schafswolle – kringelige Würmer, Raupen und Samenkörner. Das Ganze war mit kleinen Eierschalenstückchen bestreut. Eine Spinne krabbelte darunter hervor und winkte fröhlich. Paul verging schlagartig der Appetit.

Doch er merkte, dass ihn alle gespannt ansahen und darauf warteten, was er tun würde. Da wurde ihm klar, dass das seine Chance war, ganz groß herauszukommen: Tschau, Herr Oberschlau – hallo, tollkühner Abenteurer! »Seht nur, da ist Paul«, würde jeder sagen. »Er ist SO mutig! Ich muss ihn unbedingt zu meiner Geburtstagsparty einladen.« Er schaute in die erwartungsvollen Gesichter der

anderen, dann in die Pausenbrotdose. Beim Anblick des absonderlichen Inhalts erschauderte er.

»Jetzt iss endlich! Die Dachse lieben das Zeug, und wie jeder weiß, haben sie wunderschöne glänzende Krallen. Probier doch wenigstens mal.« Klarinde wickelte eine Raupe in ein Blatt ein und hielt sie Paul vor die Nase. »Das ist wahnsinniglich gut für dich!« Für Paul sah das, was sie da in der Hand hielt, jedoch wie das mieseste Wurströllchen der Welt aus. »Oder hast du etwa … Angst?«

»Angst? Erzähl keinen Unsinn. Ich habe doch keine Angst«, erwiderte Paul lachend, obwohl ihm ziemlich flau wurde.

»Was soll die Druckserei dann?«

Sämtliche Kinder scharten sich um den Tisch. »Igitt, Paul willst du das wirklich essen?«, fragte Viktoria und schüttelte sich vor Ekel.

»Du bist so mutig, Paul«, sagte Astrid.

»Du warst an deiner letzten Schule bestimmt ein richtiger Held, was?« Angus MacAlister klopfte ihm so fest auf die Schulter, dass er husten musste.

Jetzt gab es kein Zurück mehr. Er steckte schon zu tief drin. Paul schloss die Augen, hielt sich die Nase zu und schob sich das grausige Häppchen in den Mund. Seine Zuschauer hielten die Luft an, als er mühsam versuchte, es hinunterzuschlucken.

Klarinde sah mit diebischer Freude zu, wie ihm die Augen aus dem Kopf quollen. Die Raupe rollte in seinem Mund herum, bis er es nicht mehr aushalten konnte und sie im hohen Bogen ausspuckte. Sie schoss über den Tisch und landete unter stürmischem Beifall in einem Glas Wasser.

Paul wischte sich die Zunge mit seinem Jackenärmel ab, und seine Klassenkameraden kreischten – die einen vor Begeisterung und die anderen vor Abscheu. »Igittigittigitt!«, sagte er. »Absolut widerlich!«

Die Klettenhexe war schon fast aus der Tür. »Ich weiß«, rief sie über ihre Schulter. »Ich würde nicht im Traum dran denken, das Zeug anzurühren.«

5

Mein Zuhause, dein Zuhause

Auf dem Rückweg ins Klassenzimmer erklärte sich Klarinde für »erschöpftet vom Lernen« und verschwand im Mädchen-Waschraum, um mit den »zauberhaften Wasserfällen und Papierschlangen« zu spielen.

Als Paul schließlich wieder an seinem Platz saß, stellte er überrascht fest, dass er sich zum ersten Mal in seinem Leben beim besten Willen nicht auf seine Aufgaben konzentrieren konnte. Klarindes Anwesenheit in der Schule war für ihn so störend wie ein staubiges Spinngewebe an einer frisch gestrichenen Wand. So hatte er sich den ersten Tag seines wunderbaren neuen Lebens nun wirklich nicht vorgestellt.

Er bemühte sich sehr, fleißig zu arbeiten, aber er wurde abgelenkt, als er plötzlich eine grüne Ranke entdeckte, die sich um die Regale schlang. Sie wand sich sogar zwischen den Büchern hindurch. Wo kam die denn her? Er war sicher, dass sie am Morgen noch nicht da gewesen war. Mit forschendem Blick verfolgte er den Weg der Efeuranke: die Wand hinunter und über den Boden bis zu einer Ritze in der Fußleiste. Dort schnitt er das Ding kurzerhand mit der Schere ab.

»Diese Klettenhexe«, schimpfte er vor sich hin, hob die Ranke auf und warf sie flugs in den Mülleimer. »Wer ist sie überhaupt? Und warum ist sie eigentlich hier? Warum lässt sie mich nicht in Ruhe?« Da fiel ihm ein Dornenzweig auf, der durch einen Spalt im Fenster hereinwuchs, und er schnitt auch diesen wütend ab. »Und vor allem: Wie werde ich sie los?« Er hatte ganz sicher keine Lust, noch einmal so ein Theater wie in der Mittagspause zu erleben. Also verbrachte er die restlichen Stunden des Nachmittags damit, einen genialen, wasserdichten Plan auszuhecken.

Als es zum Schulschluss klingelte, war Paul der Erste, der aus dem Klassenzimmer flitzte. Keine Zeit für höfliche Abschiedsworte! Er nahm den Notausgang, sprang über die Schulhofmauer und rannte die Straße hinunter. Seinen Heimweg hatte er sich gut überlegt. Er raste kreuz und quer durch kleine Gassen, schlich durch fremde Gärten und kletterte über Zäune – und warf immer wieder einen Blick über die Schulter.

Endlich kam das Eingangstor in Sicht. *Mama wird wissen, was zu tun ist,* dachte Paul und verschnaufte einen Moment. *Sie ist sehr vernünftig, genau wie ich. Sie wird mit Professor Helle reden und ihm klarmachen, dass ich keine Freundin brauche, die lügt und klaut und ausgesprochen sonderbar ist. Ich habe eine tolle Mama – sie ist immer auf meiner Seite. Ich muss nur ruhig und wachsam bleiben, dann kommt alles wieder in Ordnung.*

Er spähte vorsichtig um die Hecke und prüfte, ob die Luft rein war. Die Vögel zwitscherten, die Bäume rauschten im Wind, und von der spitzhütigen Gefahr fehlte jede Spur. Er hatte sie so geschickt abgeschüttelt wie ein Profi.

Paul war stolz auf sein Talent, blitzschnell abtauchen zu können. Er spielte kurz mit dem Gedanken, ein berühmter Spion zu werden oder ein Geheimagent. Dann beschloss er, bis drei zu zählen und schnurstracks ins Haus zu laufen.

»Eins ...« Er ging in Startposition. »Zwei ...« Er schaute rasch noch einmal um die Ecke.

»Drei!«, flüsterte ihm eine vertraute Stimme ins Ohr. »Psst, vor wem verstecken wir uns?«

»AAAH!« Paul zuckte vor Schreck zusammen. Und wen sah er, als er sich umdrehte? Die Klettenhexe natürlich. Sie kauerte hinter ihm. »OH NEIN! Warum tust du mir das an?«, rief er. »Was stimmt mit dir nicht? Lass mich in Ruhe!«

Klarinde seufzte und stand auf. Ein Spatz ließ sich auf ihrer Schulter nieder. »Ich fürchte, das ist kniffliziert, Paul.«

»Was?«, fragte er verdutzt.

»Kniffliziert. Das bedeutet schwierig.« Klarinde schnippte den Spatz einfach von ihrer Schulter. »Ich habe dieses Wort erfunden. Ich bin sehr gut im Wörtererfinden.«

Paul hätte ihr am liebsten den Hut vom Kopf gestoßen, aber er beherrschte sich.

»Verflixt!«, schimpfte er. »Warum bist du überhaupt in meiner Schule? Es ist eine Schule für Hochbegabte, und du hast gar keine Begabung!«

»Doch.«

»Welche denn?«

»Ich kann zaubern.«

»Zauberei gibt es nicht.«

»Doch.«

»Nein! Was willst du eigentlich?«

Klarinde zögerte. »Ich will ...«, sagte sie und wurde ein bisschen verlegen. »Einen Freund.«

Paul rannte los und überquerte die Straße. »Ich brauche keine Freundin«, rief er. »Jedenfalls keine wie dich. Geh einfach nach Hause.«

Sie stampfte wütend mit dem Fuß auf und folgte ihm auf die andere Seite. »Aber Klarinde *ist* hier zu Hause.«

Paul schwirrte allmählich der Kopf. »Nein, du bist hier NICHT zu Hause. Guck!«, schrie er und zeigte auf den

Namen an dem eisernen Tor. »Da steht ›Haus Krähenhorst‹. Das ist MEIN Zuhause, und es gehört MEINER Familie schon seit Generationen. Also kannst du hier gar nicht zu Hause sein!«

In diesem Moment tauchte Pauls Mutter auf.

»Hey, was ist das für ein Geschrei?« Dann sah sie das fremde Mädchen und strahlte es an. »Hast du etwa schon eine neue Freundin gefunden, Paul? Das ist ja großartig! Ich habe dir ja gesagt, dass alles gut wird.«

Die Klettenhexe schnupperte an ihr, und ihr Gesicht leuchtete auf wie ein Weihnachtsbaum. »Ist das die, die deine Kuchen macht?«

»Ja, aber –«

»Prima. Hör mal her, Frau Mama ...« Pauls Mutter ging folgsam in die Hocke, und Klarinde flüsterte ihr etwas ins Ohr. Im selben Moment flog aus dem anderen Ohr eine silberne Motte heraus. Pauls Mutter bekam einen glasigen Blick, und um ihre Mundwinkel spielte ein Lächeln. »Ich ... ich habe gerade frische Himbeerschnitten für dich gemacht«, murmelte sie. Jetzt saß die Motte auf ihrer

Nasenspitze. Ein köstlicher Geruch wehte aus der Küche herüber. »Möchtest du vielleicht zum Tee hereinkommen?«

»NEIN, MÖCHTE SIE NICHT!«, brüllte Paul, aber die Klettenhexe war zu schnell für ihn. Sie lief schon auf die Haustür zu.

»HE! Was hast du gerade zu meiner Mutter gesagt?«, rief er und rannte hinter ihr her.

»Nichts, worüber du dir Gedanken machen müsstest«, sagte sie und marschierte ins Haus.

Paul fielen ihre schmutzigen Fußabdrücke auf. *Da haben wir die Bescherung,* dachte er und lachte in sich hinein. Seine Mutter hatte nur eine strenge Regel, und die lautete: »Nicht mit Schuhen ins Haus!« Jetzt bekam Klarinde sicher einen ordentlichen Rüffel, und alles war vorbei, bevor es angefangen hatte. »Mama, sieh nur, was sie gemacht hat!«, sagte Paul und zeigte triumphierend auf den Teppich. »Der ganze Flur ist voll von Matsch! Und guck mal, Mama! Ihr fällt sogar Laub aus den Hosenbeinen!«

Als er sich umdrehte, sah er, wie seine Mutter in der Einfahrt Gänseblümchen pflückte und sie kunstvoll in ihre Haare steckte. »Matsch?«, sagte sie gedankenverloren. »Laub? Wirklich? Ist mir gar nicht aufgefallen.« Sie schaute mit verträumtem Blick in den wolkenverhangenen Himmel. »Was für ein schönes Wetter wir haben! Aber ich habe keine Zeit zum Plaudern, ich muss mich um den Kuchen kümmern.« Sie drehte sich beschwingt im Kreis und trabte in die Küche. Paul folgte ihr sprachlos.

Klarinde saß schon am Tisch und baumelte mit den Beinen, die in ulkigen gestreiften Strümpfen steckten. Sie hatte sich ein Geschirrtuch in den Latz ihrer Hose gesteckt und wartete ungeduldig auf den Kuchen. Pauls Mutter kam mit einem großen Teller Himbeerschnitten und stellte ihn ihr hin. »Hau rein«, sagte sie. »Ich habe noch mehr davon.« Sie betrachtete das Mädchen voller Bewunderung und stellte eine Menge Fragen. Zum Beispiel: »Sind das Käfer oder Haarspangen? Was für ein interessantes Parfüm – was ist das?« Oder: »Wie heißt du noch mal?«

Klarinde gab keine Antwort, weil sie zu beschäftigt damit war, sich den Mund und sämtliche Taschen mit Kuchen vollzustopfen. Paul antwortete für sie. »Sie nennt sich Klettenhexe«, knurrte er, »und sie muss VERSCHWINDEN!« Seine Mutter nickte lächelnd. Paul stellte sich auf die Zehenspitzen und schrie ihr ins Gesicht: »MAMA! Hast du gehört, was ich gesagt habe? Ich sagte, sie soll GEHEN!« Er haute so fest mit der Faust auf den Tisch, dass Teller und Tassen klirrten. Aber seine Mutter zuckte nicht einmal mit der Wimper. Ihre Miene blieb heiter und gelassen. Es war genau wie bei Professor Helle. Was war nur mit den Erwachsenen los?

Nach dem Tee – und gegen Pauls Wunsch – führte seine Mutter Klarinde durchs Haus. »Das ist der Flur«, sagte sie, »und hier ist das Wohnzimmer. Das Haus ist sehr alt und gehörte früher meiner Großtante. Sie ist gestorben und hat es uns vererbt. Paul hat oben unter dem Dach ein Zimmer mit Aussicht auf den Garten.« In dem Moment kam ihr eine Idee. »Hey, wie wäre es, wenn du mal bei uns übernachtest? Wohnst du weit weg?«

Klarinde hopste vergnügt auf dem Sofa herum. »Nicht sehr weit«, sagte sie und kletterte wieder herunter. »Eigentlich sogar ganz in der Nähe. Aber für mich ist es in Häusern allerschrecklichst. Ich könnte kein Auge zumachen, weil hier kein Windchen weht und alles voll von Firlefanz und unbrauchbarem Zinnober ist.« Sie reckte sich gähnend. »Es wird allmählich dunkel. Ab in den Baum, mein Bett ruft! Danke für den Kuchen, Frau Mama.«

Sie packte die restlichen Himbeerschnitten in ihren Hut, öffnete die Hintertür und stiefelte nach draußen.

Pauls Mutter begann, die Matschflecken vom Teppich zu schrubben. »Was für ein außergewöhnliches Mädchen«, sagte sie lächelnd. »Du musst sie unbedingt noch einmal zu uns einladen. Sie ist jederzeit willkommen. Es freut mich so sehr, dass du endlich eine Freundin gefunden hast.«

6

Schlimmer als Würmer-Marmelade

Es war ein merkwürdiger, anstrengender Tag gewesen. Paul lag in seinem geliebten NASA-Schlafanzug auf dem Bett, die Hände vor der Brust verschränkt, und dachte missmutig über seine Situation nach. Der Umzug hatte nicht so viel gebracht, wie er gehofft hatte. Ein Schulstipendium, ein großes Haus – zunächst hatte alles gut ausgesehen, wie ein leckerer roter Apfel. Doch in dem Apfel hatte sich ein Wurm namens Klarinde eingenistet. Es war so ungerecht; sie verdarb ihm wirklich alles! Er hatte hart gearbeitet, um einen Platz an der Maria-Makellos-Schule zu ergattern, und er musste seinen Ruf als Spitzenschüler wahren.

Natürlich wollte er auch neue Freunde finden, aber nicht *so* eine Freundin. Wie sollte er richtige Freunde finden, wenn Klarinde ihm ständig im Weg war und wie eine Klette an ihm hing? Er brauchte einen klugen, intelligenten Freund. Jemanden, der ernsthaft und ehrgeizig war und nicht dauernd die Regeln brach. Und vor allem brauchte er einen Freund, der nicht komplett verrückt war. Auf jemanden wie Klarinde konnte er wirklich verzichten.

Paul beschloss, das Problem mit Vernunft in Angriff zu nehmen. Schließlich gab es für alles eine Lösung, wenn man nur logisch und planvoll vorging. Als Erstes musste er eine Liste machen. Er schaltete die Nachttischlampe ein und notierte die Sachlage in seinem Tagebuch:

Situation: Werde von einem merkwürdigen
Mädchen mit Hexenkostüm verfolgt.
Problem: Sie will mir das Leben vermiesen.
Analyse: Gründe bislang ungeklärt.
Ist wahrscheinlich verrückt.
Schwierigkeit: Alle anderen finden sie toll.

Paul war bitter enttäuscht gewesen, als seine Mutter Klarinde mit offenen Armen empfangen hatte. Sie war Ärztin, also eigentlich eine kluge Person, aber sie hatte sich so dusselig und träumerisch verhalten, als hätte sie nur Quark im Kopf. Zur Schlafenszeit war sie zum Glück wieder normal geworden, hatte sich allerdings über die Stiefelspuren auf dem Sofa gewundert. Und von einem Genie wie Professor Helle mit seinen tausend Diplomen und Titeln hatte er auch mehr erwartet. Scheinbar erkannte niemand außer Paul – und Kater Newton – die Wahrheit.

Die anderen Kinder fanden Klarinde klasse, obwohl sie schmutzig und unhöflich war und komische Sachen sagte. Er dachte darüber nach, warum das so war. Gut, sie war frech und etwas übermütig – so etwas mochten die Leute. Und ja, sein großer Moment, die Mutprobe mit dem Pausenbrot, war aufregender gewesen, als er zugeben wollte. Aber die Tatsachen lagen nun einmal klar auf der Hand: Die Klettenhexe war ein Problem. Als Lügnerin, Betrügerin und Unruhestifterin würde sie es ihm ziemlich schwer machen, einen richtigen Freund zu finden. Sie musste *weg*.

Er grübelte und grübelte, und nach einer Weile reifte ein Plan in ihm. Und genau wie Paul selbst war dieser Plan clever und logisch. Er war sogar genial! Paul nahm sein Tagebuch, riss eine Seite heraus und schrieb einen Brief, der süßer war als Schokoladenkuchen.

Liebe Viktoria,
ich schreibe dir, weil ich dir sagen möchte,
wie sehr ich dich bewundere.
Ich finde, du bist das hübscheste und Klügste
Mädchen der ganzen Schule.
Ich wünschte, wir Könnten Freundinnen
sein. Ich würde es dir persönlich sagen,
aber dafür bin ich viel zu schüchtern.
Ich esse unheimlich gern Kuchen, und du bist
eine meisterhafte Bäckerin. Wir wären also
ein perfektes Team. Außerdem glaube ich aus
irgendeinem Grund, dass ich zaubern kann,
und ich Könnte dafür sorgen, dass deine
Kuchen immer schön aufgehen.

Wir könnten ganz dicke Freundinnen werden.
Natürlich wird es mich traurig machen,
nicht mehr mit Paul befreundet zu sein,
aber wir zwei passen einfach besser
zusammen. Ich brauche jemanden, zu dem
ich wirklich aufsehen kann und mit dem
ich meine ganze Zeit verbringen kann.
Paul ist dafür nicht geeignet, aber du bist
es ganz bestimmt. Du bist die Beste!
Können wir nebeneinandersitzen?
Bitte, bitte, bitte!

Hoffnungsvoll
Deine Klettenhexe

PS: Am besten sagst du niemandem etwas von
diesem Brief (vor allem mir nicht).

* * *

Am nächsten Morgen kam Klarinde zu spät und verpasste den Vortrag von Professor Helle über den »respektvollen Umgang mit öffentlichen Toiletten«. Sie platzte in den Unterricht herein und erzählte eine verworrene Geschichte von rechthaberischen Rotkehlchen und erzürnten Elstern. Aber sie hätte sich ihre Erklärungen sparen können, denn der Professor lächelte sie nur selig an. Paul verdrehte empört die Augen.

Klarinde wollte sich gerade neben ihn setzen, als eine glockenhelle Stimme ertönte: »Klettenhexe! Liebe Klettenhexe!« Ein Mädchen auf der anderen Seite des Klassenzimmers winkte ihr zu. Es strahlte sie an und hielt einen frisch gebackenen kleinen Kuchen hoch. »Setz dich doch zu mir!«, rief Viktoria. »Ich habe hier einen Muffin für dich!«

Paul hielt gespannt die Luft an. Viktoria Stahl – Bäckerin von Weltrang und ohne Frage hochmütigstes Mädchen der Klasse – hatte den Brief gefunden, den er vor dem Unterricht klammheimlich an ihren Platz geschmuggelt hatte.

Klarinde hatte Viktoria bisher noch nie wahrgenommen. Mit gerunzelter Stirn dachte sie über das Angebot nach. Dann betrachtete sie den Kuchen und leckte sich die Lippen.

»Klettenhexe!«, lockte Viktoria mit zuckersüßer Stimme und klopfte auf den Stuhl neben sich. »Komm her ...«

Klarinde ging langsam auf Viktoria zu. »Dein Kuchen riecht ... ungewöhnlich«, sagte sie und zog die Nase kraus.

Viktoria setzte ein zuckersüßes Lächeln auf und gab ihr den Blaubeermuffin. »Nun, er ist auch etwas Besonderes. Diese Muffins sind nur für meine besten Freunde«, flötete sie. »Also guten Appetit!« Sie zog Klarinde so nah zu sich heran, dass sie ihr fast den Hut vom Kopf stieß. »Mach dir keine Gedanken wegen des neuen Jungen«, raunte sie ihr mit einem gierigen Funkeln in den Augen zu. »Erzähl mir einfach mehr von der Zauberei.« Klarinde zuckte mit den Schultern und biss in den Muffin.

Paul beobachtete die beiden. Ihm fiel ein gewaltiger Stein vom Herzen. Die Welt war wieder in Ordnung. Endlich war er frei, und alle waren glücklich und zufrieden. Um die

Klettenhexe loszuwerden, hatte er ihr nur beschaffen müssen, was sie wollte: Kuchen und eine Freundin, die sie damit versorgte. Ein Kinderspiel. Fall erledigt, Problem gelöst! Dank seines großen Gehirns hatte die Logik wieder einmal gesiegt. Als zukünftiger Wissenschaftler musste er das Experiment natürlich für die Nachwelt in seinem Tagebuch festhalten. Er dachte daran, vielleicht auch ein Schaubild hinzuzufügen.

Aber plötzlich hörte Klarinde auf zu kauen und spuckte den Bissen aus. »Nein, nein, dieser Kuchen ist nicht gut! Pfui!« Sie wischte ihre Zunge an der Krempe ihres Huts ab. »BÄH! IGITT! Schlimmer als Würmer-Marmelade!«

»Was fällt dir ein?« Viktoria stampfte empört mit dem Fuß auf. »Diese Muffins wurden zum besten Gebäck des Jahres gewählt. Ich bin eine sehr begabte Bäckerin! Du *musst* sie mögen. *Jeder* sagt, dass meine Kuchen die *besten* sind!«

»Wirklich?« Klarinde zog die Augenbrauen hoch. »Das überrascht mich. Pauls Kuchen sind nämlich viel freundlicher. Hexen nehmen es besonderst genau mit dem

Geschmack, weißt du? Leider schmecken deine Blaubeeren hochnäsig und …« Sie fuhr sich mit der Zunge durch den Mund. »Und dein Teig ist fies. Danke und einen schönen Tag noch!« Damit schob Klarinde ihren Stuhl zurück und kehrte an den Platz neben Paul zurück.

Paul schlug verzweifelt den Kopf auf den Tisch.

»Aber, aber, Paul, beruhige dich«, sagte Klarinde tröstend und wischte ihre klebrigen Hände an seiner Jacke ab. »Sie muss dir nicht leidtun. Es kann einfach nicht jeder eine Hexe als beste Freundin haben.«

7
Schnüffelnase

Klarinde war wie eine Wespe oder eine Warze – sie wollte einfach nicht verschwinden. Aber so leicht gab Paul nicht auf. Er hatte schon einiges über das Leben berühmter historischer Persönlichkeiten gelesen und wusste, dass man nicht weiterkam, wenn man bei der kleinsten Schwierigkeit klein beigab. Es gab viele Menschen, die ihre persönlichen Probleme überwunden hatten und zu Größe gelangt waren: Elisabeth die Erste hatte eine Glatze gehabt, Beethoven Asthma und Napoleon Angst vor Katzen. Pauls Problem war die Klettenhexe.

»Hör mal, Newton«, flüsterte er dem Schulkater zu. »Wir wissen beide, dass sie nicht begabt ist – sie ist eine miese Lügnerin und Betrügerin. Ich muss es nur beweisen.«

Er zupfte gedankenverloren etwas Moos vom Bücherregal und richtete die schief hängenden alten Landkarten gerade. »Ich muss sie als Schwindlerin entlarven, die keinen Platz an dieser Schule verdient hat. Dann wird mir jemand zuhören müssen, und sie fliegt für immer von der Schule.«

»Überlegt euch gut, was ihr euch wünscht – das ist die letzte Lektion für heute«, sagte Professor Helle und schrieb in großen Buchstaben TUTANCHAMUN an die Tafel. »Schätze? Reichtum? Ruhm? Die Leute, die das Grab von Tutanchamun entdeckten, kamen zu der Überzeugung, es sei verflucht. Bitte setzt euch, damit wir mit unserem Ägyptenprojekt beginnen können.«

Paul setzte sich schnell auf seinen Platz, zückte seinen Stift und hörte gespannt zu. Klarinde hatte bei dem Wort »verflucht« kurz die Ohren gespitzt, aber es dauerte nicht lange, bis sie anfing herumzuzappeln. Sie rutschte auf ihrem Stuhl hin und her und seufzte und stöhnte. Sie warf alle möglichen Nüsse an die Decke. Dann zog sie eine Pusteblume aus ihrer Tasche und blies die kleinen Schirmchen in Pauls Richtung. Als sie davon genug hatte, begann sie, Fratzen zu schneiden und Witze zu erzählen.

»Pssst, Paul. Paul! PAUL! Welcher Baum hat keine Wurzeln?« Paul schaute stur an die Tafel und sagte keinen Ton.

»Pssst. Paul. Pssst. Weißt du es wirklich nicht? Ein PURZELbaum! Kapiert?« Paul reagierte nicht.

Klarinde knackte mit den Fingerknöcheln und wackelte mit den Augenbrauen. »Paul! Paul, welches Gemüse ist immer lustig? KICHERerbsen natürlich! Hahaha!«

Paul zählte besonnen bis zehn und pflückte die Löwenzahnsamen aus seinen Haaren. Er formte lautlos zwei Wörter mit den Lippen – »SEI STILL!« – und wandte sich wieder der Tafel zu. Klarinde schmollte ganze sieben Sekunden lang, dann machte sie stur wie ein Esel weiter.

»Paul, entschuldige bitte. Paul! Ich habe eine ernsthafte Frage zu Tutenschuma. Es ist wirklich wichtig.«

Paul seufzte. »Na gut, schieß los.«

»Was ist gelb und riecht nach Bananen? Das weißt du nicht? Affenkotze natürlich. AFFENKOTZE! HAHAHAHA! AFFENKOTZE!«

»Paul!« Der Professor stand vor seinem Tisch und sah ihn streng an. »Hörst du mir zu? Was habe ich gerade gesagt?«

»Oh … Äh … Ich weiß nicht. Die Klettenhexe hat mich …«, stammelte Paul.

»Genau! Du weißt es nicht, weil du nicht aufgepasst hast, nicht wahr? An dieser Schule sind Zeitverschwendung und dumme Späße nicht erwünscht, hast du verstanden?« Professor Helle drehte sich ruckartig um und rauschte mit flatternder Robe nach vorn zu seinem Pult.

»Ja, Herr Professor, es tut mir leid, Herr Professor«, sagte Paul und warf Klarinde einen bitterbösen Blick zu.

»Da siehst du, was du angerichtet hast!«, fuhr er sie an und ordnete wutentbrannt seine Stifte. »Du bist so eine Idiotin! Ich habe die Nase voll von dir und deiner ... deiner *Unvernunft!* Du bist unordentlich und eine Lügnerin und Betrügerin und Diebin und ... und ich wünschte, du würdest verschwinden!«

Klarinde zog die Augenbrauen zusammen und schob die Unterlippe vor. »Also, das ist nicht sehr nett, du garstiger Dummerjan! Ich will doch bloß ein bisschen Spaß haben. Dann bleibst du eben ein Tafelglotzer und ein hinterhältiges Wiesel und ein ewiger Nörgelfritze! Und ich gehe mit meinem wunderbarigen Humor dahin, wo ich geschätzt werde. Du undankbarer ... verflixter ... *Häusling!*« Sie schnappte sich beleidigt ihre Tasche, öffnete das Fenster und kletterte hinaus.

Paul hatte sofort ein schlechtes Gewissen. Er wusste, dass es nicht richtig war, gemein zu anderen zu sein. Aber er wusste auch, dass Klarinde ein dickes Fell hatte. Zur

Teestunde würde sie wieder auftauchen, weil sie bis dahin bestimmt alles vergessen hatte, was er gesagt hatte. Und dann würde sie ihn nerven wie eh und je.

Als er eine neue Seite in seinem Heft aufschlug, verspürte er eine ungeheure Erleichterung. *Jetzt kann ich endlich vernünftig lernen,* dachte er. *Aber alles der Reihe nach. Zuerst brauche ich eine schöne, sauber unterstrichene Überschrift …*

Während er mit einem Auge die Tafel im Blick behielt, griff er in seinen Rucksack, um sein neues Lineal

herauszuholen. Doch seine Finger stießen nicht auf seine ordentlich sortierten Schulsachen. Sie landeten vielmehr in einem klebrigen, piksigen Durcheinander.

»Bäh! Igitt!« Er zog angeekelt die Hand zurück und wischte sie an seiner Hose ab. Dann schaute er verwirrt nach unten. Der Rucksack, der neben seinem Tisch stand, war schmutzig und voller Flicken und überhaupt ganz anders als sein schicker neuer. Plötzlich dämmerte es ihm: Klarinde hatte bei ihrem schnellen Abgang versehentlich *seinen* Rucksack mitgenommen! Er sprang voller Panik auf und lehnte sich aus dem Fenster. »Meine schönen Sachen!«, schrie er.

»HINSETZEN, PAUL!«

»Aber ... Klarinde hat ...«, protestierte Paul.

»SOFORT!« Professor Helles Augen traten hervor, und seine Lippen zitterten bedenklich. Paul ließ sich mit zusammengebissenen Zähnen auf seinen Stuhl plumpsen. Was für eine himmelschreiende Ungerechtigkeit! Auch wenn die Klettenhexe nicht da war, brachte sie ihn in Schwierigkeiten. Er kochte innerlich vor Wut.

Als er ihren schäbigen Rucksack betrachtete, kam ihm blitzartig ein heimtückischer Gedanke: *Was hat sie eigentlich da drin, das ihr so wichtig ist? Sie hat ihn immer bei sich.* Klarinde wusste anscheinend eine Menge über ihn, aber Paul merkte erst jetzt, dass er kaum etwas über sie wusste. Normalerweise schnüffelte er nicht in den Sachen von anderen Leuten herum, aber heute war kein normaler Tag. Er sah sich um. Niemand schaute in seine Richtung, und so steckte er die Hand vorsichtig wieder in den Rucksack und zog behutsam ein dickes Schreibheft heraus. Er legte es unter dem Tisch auf seinen Schoß und sah es sich genauer an.

Es unterschied sich deutlich von seinen gepflegten, ordentlichen Heften. Der schmuddelige Umschlag war übersät mit Früchte-Stickern, Schneckenspuren und schmutzigen Fingerabdrücken. Auf der Rückseite stand nur »Andenken ans Meer« und vorn drauf ein einziges Wort, geschrieben in Klarindes krakeliger Schrift:

GRIM

Grim wie grimmig, das passt ja, dachte Paul. Er steckte das Heft wieder in den Rucksack und wartete ungeduldig auf das Läuten zum Unterrichtsende. Er musste dieses Beweismittel heimlich untersuchen, und er kannte den perfekten Ort dafür.

8

Das Zauberbuch

Hinter der Schule war ein verwucherter Friedhof. Es war ein friedlicher, sonniger Ort mit moosbewachsenen Grabsteinen und viel Vogelgezwitscher. Vor allem aber war er verlassen – man begegnete dort keinem einzigen Menschen. Paul bummelte auf dem Schulhof herum, als sich die anderen Kinder nach Unterrichtsschluss auf den Heimweg machten. Er wartete, bis die Luft rein war, dann kletterte er über die Mauer.

Er suchte sich ein Plätzchen im hohen Gras, um das dicke Heft von Klarinde genauer unter die Lupe zu nehmen.

Die Seiten klebten aneinander. Es war nicht so leicht, sie voneinander zu lösen. Aber Paul fummelte so lange, bis er sie schließlich trennen konnte.

Er sah eine Seite nach der anderen durch. Das Heft war voll von chaotischen Kritzeleien und braunen Flecken, und er spürte, wie sich die Anspannung in seinen Schultern lockerte. Endlich hatte er den Beweis, nach dem er gesucht hatte. *Was für ein dummes Zeug,* dachte er. *Da sind ja gar keine Schularbeiten drin, nicht einmal das Einmaleins oder das ABC. Wenn Professor Helle das sieht, wird er meinen Standpunkt verstehen. Immerhin ist es eine Schule für Hochbegabte und nicht für Spinner. Sie muss an eine andere Schule gehen. Professor Helle wird nichts anderes übrig bleiben, als diesen eindeutigen Beweis anzuerkennen.*

Aber als er weiterblätterte, wurde seine Neugier geweckt. Er fand Anweisungen dazu, wie man den gebrochenen Flügel einer Biene heilt, eine Blättersammlung mit lateinischen Namen und einen Mondkalender. Er entdeckte auch eine Liste mit der Überschrift GEFERLICHE PFLANZEN und eine Menge Gedichte. Zum Beispiel:

FOGEL

Schneckenschleim am Abend
nützlich ist und labend.
Und ich wünsche mir so sehr
einen diebischen Fogel her.

Paul schnupperte vorsichtig an dem Heft. Die Seiten rochen merkwürdig: bittersüß, nach Kräutern und Rauch, nach Honig und Essig. Ein loses Blatt mit einem Rezept fiel heraus. »Was ist das?« Er beugte sich nach vorn und hob es auf.

BEDUSELFIX-SUPPE

Zutaten:
4 Fuchshaare
9 Brennnesselblätter
2 Tropfen Drachenblut (ersatzweise Erdbeermarmelade)

Anwendung:
Bei Glimmlicht gut verrühren und aus einer
Teekanne trinken.

Spruch:
Willst du die Häuslinge beirren,
müssen Bienen, Motten, Fliegen schwirren.
Die Klettenhexe ist die Besteste,
beduselt Aug und Ohr aufs Festeste.

Schwierigkeitsgrad:
mittel.
(Anmerkung: funktioniert nur
dienstags und donnerstags)

Das klang nach einer grauenhaften Suppe. Es waren nicht mal Zwiebeln oder Möhren darin. Und was war mit Glimmlicht gemeint? Eine Art Gaskocher oder so etwas?

Paul las sich das Rezept ein zweites Mal durch. Das Wort »Beduselfix« machte ihn nachdenklich. Es ließ ihm keine Ruhe, und er überlegte hin und her. »Sieh mich an, hier bin ich«, schien es zu rufen, als wollte es ihm etwas sagen.

Dann erinnerte er sich: Es war das Wort, das die Klettenhexe an ihrem ersten Schultag zu Professor Helle gesagt hatte. Und sie hatte auch seiner Mutter etwas ins Ohr geflüstert, bevor diese sich so seltsam benommen hatte. *Bienen, Motten, Fliegen?* Paul dachte an die silberne Motte auf der Nase seiner Mutter. Er klappte das Heft zu und studierte nochmals die Aufschrift.

Einer der Gründe, warum Paul so clever war, war sein sagenhaftes Gedächtnis. Er speicherte alles ab, was er erlebte und lernte, um später darauf zurückgreifen zu können. »Grim«, sagte er grüblerisch, und die Rädchen in seinem Kopf ratterten. »Grim ... Dieses Wort kenne ich auch irgendwoher.« Er kramte in seiner Erinnerung, bis er darauf kam. »Ah, jetzt weiß ich es! Es war im Urlaub am Meer!«

Paul sah alles genau vor sich: Es war ein warmer Tag gewesen. Sie hatten Eis gegessen, und die Kinder hatten mit Keschern im seichten Wasser gefischt. Aber im Hexenmuseum war es düster und kalt gewesen. Das Gewirr aus schmalen Gängen und sonderbaren Ausstellungsstücken war ihm ziemlich unheimlich vorgekommen, und er war froh gewesen, als sie wieder draußen waren. Auf dem Weg zum Ausgang hatte er einen großen Glasschrank mit alten Schriften gesehen. An der Tür hatte ein Furcht einflößendes Schild gehangen: *Grimoire-Sammlung – geheime Zauberbücher von Hexen.* Es hatte noch mehr Schilder gegeben, auf denen PRIVAT und ACHTUNG! und BITTE NICHT BERÜHREN stand.

Auf einmal fügten sich alle Puzzleteile zusammen, und Paul erschrak. Er ließ das Heft fallen wie eine heiße Kartoffel. »Das ist gar kein Schulheft, und das ist auch kein Suppenrezept«, stieß er hervor. »Das ist Zauberei!« Nun ergab alles Sinn: der Vogel, der seine Muffins gestohlen hatte,

Klarindes Auftauchen an seinem Fenster, ihre Kleidung, wie merkwürdig seine Mutter und Professor Helle sich verhalten hatten, Klarindes eigenartige Sprache, die ekelige Pausenbrotdose, ihr unmögliches Benehmen und der spitze Hut. Und ihr fehlte sogar ein Zahn.

»Aber das würde bedeuten …« Paul schluckte. Sie konnte unmöglich eine echte Hexe sein, oder? *Nein, nein, nein. Es gibt keine Zauberei, das ist alles nur Schein,* dachte er. *Ich meine, an Zauberei zu glauben ist weder vernünftig noch logisch. Echte Hexen sind alt und haben Warzen und fliegen auf Besen, und Klarinde ist nur ein kleines Mädchen. Es kann also gar nicht sein.*

Aber es war die Wahrheit, und tief in seinem Herzen wusste er es.

Paul vergaß die Schule und das Lernen und begann, hektisch in dem Grimoire zu blättern. Er fand Recycling-Listen, eine Sammlung von Früchte-Aufklebern, Verzeichnisse von Tautropfen und verschiedenen Wind-Ungeheuern, ein kompliziertes Schaubild des Tierkreises und Kapitel mit den Überschriften Luft, Erde, Wasser, Feuer und Geist.

Es waren gar keine Gedichte und Rezepte, wurde ihm klar. Es waren Zauberformeln, und zwar Hunderte! Er stieß auf Zaubersprüche gegen das »Kahlwerden von Bäumen«, für Blitzschläge und für etwas, das »Katzen-Hickser« hieß. Er las Sprüche zum Schrumpfen- und Wachsenlassen, Sprüche zum Vertreiben und Sprüche zum Herbeirufen. Manche waren in Großbuchstaben verfasst, manche in winziger, kaum lesbarer Schrift. Einige waren spiralförmig aufgeschrieben, und andere standen als viereckige Blöcke in den Ecken der Seiten.

Paul dachte daran, wie am ersten Morgen das Herbstlaub durch das Schultor gefegt war und wie Efeu und Dornenranken ins Klassenzimmer eingedrungen waren – als wäre die Natur Klarinde wie ein treuer Hund in die Schule gefolgt. Er blätterte zur letzten Seite und entdeckte eine Zeichnung, die eine Hexe hoch oben in einem großen Baum zeigte. Sie winkte hinüber zum Dachfenster eines Hauses.

Auf einmal kam ein kalter Wind auf, und die Vögel verstummten. Paul lief ein Schauer über den Rücken. Seine

Gedanken überschlugen sich: Wie hatte er Klarinde genannt? Idiotin? Lügnerin? Betrügerin? Diebin? Warum um Himmels willen hatte er das getan? Ihm zog sich vor Angst der Magen zusammen. Er versuchte, sich auf das Zauberbuch zu konzentrieren, aber die Buchstaben verschwammen vor seinen Augen. Ihm wurde übel.

Nun brachen plötzlich die Strahlen der tief stehenden Herbstsonne durch die Wolken. Von dem grellen Licht geblendet blinzelte Paul. Dann rieb er sich die Augen, und als er wieder aufsah, erhob sich ein hoher, spitz zulaufender Schatten über ihm. Er wuchs und wuchs und breitete sich

aus wie schwarze Tinte, bis alles ringsum in Finsternis gehüllt war. Paul spürte, wie der Boden bebte, während das Geräusch schwirrender Flügel immer näher kam. Ihm stieg ein strenger, rauchiger Geruch von Feuer und schwarzer, feuchter Erde in die Nase. Paul wollte etwas sagen, eine Erklärung geben, um Gnade flehen, aber er bekam keinen Ton heraus. Er ließ das Grimoire fallen, hielt sich die Augen zu und machte sich auf das Schlimmste gefasst …

Es dauerte eine Weile, bis Paul den Mut fand, zwischen seinen Fingern hindurchzulinsen. Aber als er sich endlich traute, stellte er verblüfft fest, dass alles wieder normal war. Die Vögel zwitscherten fröhlich, und die Sonne schien sanft auf die Gänseblümchen herab. Er sah sich nach dem Zauberbuch um, aber es war verschwunden – und er wollte auch gar nicht wissen, wohin. Er rappelte sich auf, sprang über die Friedhofsmauer und lief davon, so schnell ihn seine Beine trugen.

* * *

Paul war völlig durcheinander. Was war da gerade geschehen? War es wirklich passiert? War *sie* das gewesen? Wie unheimlich! Auf seiner Stirn bildeten sich Schweißperlen, als er an die Schilder im Hexenmuseum dachte. Er hätte NICHT in ihr Zauberbuch schauen dürfen. Seine Gedanken begannen zu rasen. Er hatte genug Märchen gelesen, um zu wissen, dass es keine gute Idee war, eine Hexe zu verärgern. »Und wenn sie mich mit einem Fluch straft?«, sagte er zu sich. »Sie hat jede Menge Zaubersprüche in ihrem Buch. Was ist, wenn sie mich in eine Kröte verwandelt? Oder in Unkraut?«

Als er schon fast zu Hause war, ging ihm die Puste aus. Er hörte auf zu rennen und ging langsam weiter. Auch in seinem Kopf wurde es ruhiger.

Vielleicht übertreibe ich ja, dachte er. *Vielleicht ist alles halb so wild. Es mag sein, dass sie so etwas wie eine moderne Hexe ist, aber sie ist und bleibt ein kleines Mädchen. Vielleicht sollte ich ihr sagen, dass ich nur Witze gemacht habe, dann erkennt sie möglicherweise das Lustige daran. Sie betont doch immer, was für einen tollen Humor sie hat. Oder ich bin einfach von jetzt an nett zu ihr, und dann verzeiht sie mir, dass ich ihr nachspioniert habe. Ich könnte sagen, dass alles ein Missverständnis war. Oder ich könnte so tun, als hätte ich ihr schon die ganze Zeit geglaubt, und dann wird alles wieder gut.*

»Ja«, sagte Paul zu sich, als er die Einfahrt zum Haus Krähenhorst hochging. »Das ist ein guter Plan. Ich werde ihr später alles erklären.«

Aber es gab kein Später. Klarinde kam nicht zurück. Auch am nächsten Tag nicht und nicht am übernächsten. Sie war auf so rätselhafte Weise verschwunden, wie sie aufgetaucht war.

9

Wo ist die Hexe?

Die Tage vergingen, und an der Maria-Makellos-Schule kehrte wieder der Alltag ein. Der Efeu im Klassenzimmer starb ab, und der Farnwedel im Tintenfass von Professor Helle welkte und wurde braun. Unerklärliche Luftzüge und Blätter verschwanden aus den Fluren, und die Schnecken hörten auf, an den Büchern zu knabbern. Es herrschte wieder Ruhe und Ordnung.

Ohne Klarinde lief Pauls Leben wie am Schnürchen. Seine Jacke blieb sauber, und seine Mutter kaufte ihm eine funkelnagelneue Tasche. Weil der Platz neben ihm jetzt leer war, konnte er sich wieder im Unterricht konzentrieren. Alle seine Schularbeiten waren perfekt. Er wurde nicht in eine Kröte oder Unkraut verwandelt, und er musste sein Pausenbrot mit niemandem teilen. Er bekam die Auszeichnung der Woche für Pünktlichkeit und gutes Betragen, und Professor Helle klebte im Klassenbuch goldene Sternchen neben seinen Namen. Sogar im Haus Krähenhorst fühlte er sich allmählich heimisch. Er hatte genau das bekommen, was er sich gewünscht hatte, aber irgendwie kam ihm sein Leben leer vor.

Er fing an, in den Pausen auf dem Schulhof und in den Waschräumen nach der Klettenhexe zu suchen. Er hielt Ausschau nach Beweisen dafür, dass sie in der Nähe gewesen war: verstreute Herbstblätter, schmutzige Fußspuren, Überschwemmungen, wuchernde Pflanzen, Explosionen ... Aber es gab keine. Ab und zu sprach ihn eins der anderen Kinder an und fragte, wo seine lustige Freundin abgeblieben war, aber er konnte nur ratlos mit den Schultern zucken. Tja, wo war sie? Und warum war sie nicht wiedergekommen? Das gefiel Paul überhaupt nicht. Er hatte ihr doch alles erklären wollen, aber sie hatte ihm keine Gelegenheit dazu gegeben.

Eine Woche verging, und Paul saß allein auf der Schulhofmauer. »Sie war schon richtig nervig«, überlegte er laut und packte seinen Muffin aus. »Aber jetzt, wo ich weiß, dass das einfach ihre Art ist, ist sie vielleicht gar nicht so unerträglich. Ich meine, Hexen sind bekannt für ihr schlechtes Benehmen, und manche Witze von ihr sind schon wirklich gut gewesen.« In Wahrheit war sie eine ziemliche Ulknudel, und jeder wusste es. Mit Klarinde war die Schule ein freundlicherer Ort. Paul dachte daran, wie sie die ganze Klasse zum Lachen bringen konnte – mit nur einem Blick. Das war echt eine Begabung.

Paul hatte viele verschiedene Begabungen, aber Freunde gewinnen gehörte anscheinend nicht dazu. Es war ganz schön kompliziert und längst nicht so einfach wie Differenzialrechnung oder Quantengleichungen. Er hatte nie gewusst, wie er es anstellen sollte. Und das hatte ihn traurig gemacht, weil seine Mutter immer sagte, dass er das Herz am rechten Fleck hatte.

Doch aus einem unerklärlichen Grund hatte sich Klarinde ausgerechnet ihn ausgesucht, obwohl sie sich mit jedem an der Schule hätte anfreunden können, sogar mit der hochmütigen Viktoria.

Im Lauf der Zeit ließ Pauls Konzentration deutlich nach. Er grübelte auch während des Unterrichts darüber, wohin Klarinde verschwunden war. Manchmal flüsterte er ihren Namen – nur für den Fall, dass sie sich in der Nähe versteckte und ihn vielleicht erschrecken wollte. Er goss heimlich Wasser in das Loch hinter der Fußleiste und ließ ein Fenster im Klassenzimmer offen. Auf dem Weg zur Schule und nach Hause ging er langsamer als gewöhnlich, machte sich Notizen und hielt mit halbem Auge Ausschau nach einbeinigen Tauben und herumliegenden Muffin-Manschetten. Nachts ließ er die Vorhänge in seinem Zimmer auf. Es konnte ja sein, dass sie mit ihm reden wollte. Er schrieb sogar Witze an die beschlagene Scheibe, um sie zum Lachen zu bringen, aber sie kam nie vorbei.

Paul dachte an seine geliebte Fossiliensammlung, die er in Reihen auf seinem Regal angeordnet hatte; gleich neben seinen Lego- und Flugzeugmodellen. *Die Geschichte mit Klarinde war ungefähr so, wie wenn man zufällig auf ein völlig unmögliches Fossil stößt und es wegwirft,* dachte er traurig. Wie hatte er nur so dumm sein können? Nicht zu glauben! »Manchmal«, sagte er zu sich, als er das Licht ausknipste und zum Mond hinausschaute, »bist du nicht halb so schlau, wie du denkst.«

Und dann – als er sich allmählich fragte, ob er sich die ganze Sache nur eingebildet hatte – kam die Klettenhexe zurück.

10

Der Hexen-Finder

An dem Tag, als Klarinde in sein Leben zurückkehrte, war Paul nachmittags auf dem Heimweg von der Schule. Er beschäftigte sich damit, im Kopf eine Liste der Hauptstädte der Welt in alphabetischer Reihenfolge zu erstellen. Zu Hause angekommen, öffnete er das quietschende Tor und ging über den knirschenden Kies die Einfahrt hoch. Als er mit Vilnius, Washington und Zagreb am Ende seiner Liste angelangt war, fiel ihm etwas ins Auge, das im Gebüsch lag. Bei näherem Hinsehen stellte er fest, dass es seine lange verschollene Schultasche war! Darauf stand ein mit Schlamm geschriebenes Wort:

Paul schaute sich um und rechnete damit, ein wütendes kleines Gesicht mit einem Vogelnest aus Haaren obendrauf zu sehen. »Klarinde? KLARINDE?«, rief er, aber er bekam keine Antwort. Nur die Krähen krächzten hoch oben in den Bäumen. In der Einfahrt hüpfte eine Elster herum, die ihn vorwurfsvoll beäugte. Paul fiel der alte abergläubische Spruch über Elstern ein, der mit »Eine bringt Kummer« begann. Er schloss hastig die Haustür auf, rannte die Treppe hoch und machte seine Zimmertür fest hinter sich zu.

Dann setzte er sich ratlos auf sein Bett. Er wusste nicht, was er tun sollte. Das böse Wort »Verräter« war nicht gerade ermutigend. *Aber wenn sie mich in irgendetwas verwandeln wollte,* überlegte er, *hätte sie es doch bestimmt längst getan?* Er nahm sein Tagebuch und schrieb auf, welche Möglichkeiten er hatte:

1. Einem Erwachsenen erzählen,
dass ich eine Hexe verärgert habe.

Er las sich den Satz noch einmal durch und seufzte. *Das klingt völlig beknackt,* dachte er. *Außerdem muss ich es dann erklären, und dann suchen sie nach ihr, und ich bekomme Ärger, weil ich meine Nase in die privaten Angelegenheiten anderer Leute gesteckt habe.* Also notierte er:

2. Weglaufen bis an den Nordpol.

Paul dachte über die Idee nach und kam zu dem Schluss, dass er eigentlich nicht von einem Eisbär zum Frühstück verputzt werden wollte. Daher kam auch Nummer zwei nicht infrage.

3. Sie suchen und mich bei ihr entschuldigen.

Paul hatte schon fast überall gesucht: im Park, auf dem Schulhof, in der Schule, im Einkaufszentrum, in der Bibliothek, im Schwimmbad und sogar auf dem Friedhof. Es gab nur noch einen Ort, wo Klarinde sein konnte. Er stand auf, ging zum Fenster und schaute in den unheimlichen Garten.

Der von einer Mauer umgebene Garten von Haus Krähenhorst war Paul immer noch nicht geheuer. Und bisher hatte er stets einen großen Bogen um ihn gemacht. Er zögerte einen Moment und schaute zur Tür. *Jetzt oder nie!*, dachte er. »Komm schon, Paul«, sagte er zu sich und nahm seinen ganzen Mut zusammen. Er zog sich eine dicke Jacke über, marschierte die Treppe hinunter, holte Kuchen aus der Küche und nahm vorsorglich noch einen Cricket-Schläger aus dem Schrank im Flur mit.

Paul verpasste der alten Gartentür einen festen Tritt, um sie ein Stück zu öffnen, und quetschte sich durch den schmalen Spalt. In dem Moment kam ein eisiger Wind auf, der mit gellenden Pfiffen durch die Bäume fegte. Es war, als hätte Paul Alarm ausgelöst.

»Klarinde!«, rief er ängstlich. Seine Stimme klang viel höher als normal. »Wo bist du?« Er bahnte sich im Halbdunkel mit dem Schläger einen Weg durch Dornengestrüpp und Brennnesseln. Dabei bemühte er sich, nicht an Vampire und Ungeheuer zu denken. Das Laub knisterte unter seinen Schuhen, und immer wieder knackte es unheilvoll, wenn Zweige brachen. Paul zuckte zusammen, als er plötzlich in etwas Matschiges trat.

»Klarinde!«, piepste er und wischte sich Spinnweben aus dem Gesicht. »Ich weiß, dass du da bist. Ich will mich bei dir entschuldigen!« Er arbeitete sich mühsam durch das Dickicht, das immer dichter zu werden schien. Seine Gedanken rasten: *Was ist, wenn ich hier nicht mehr herausfinde? Und wenn mir ein Ast auf den Kopf knallt? Und wenn ich von irgendetwas gebissen werde? Wo steckt sie nur? Was mache ich eigentlich hier?* Vor lauter Panik schlug ihm das Herz bis zum Hals. »KLARINDE! KLARINDE!«

Irgendwo schrie eine Eule, und Paul schrie auch und schlug wild mit seinem Schläger um sich. Dabei rutschte er aus und fiel mit einem Platschen in eine schlammige Pfütze.

Er schnappte erschrocken nach Luft, und als er aufsah, erblickte er die Krone eines großen Walnussbaums über sich. Die Sterne funkelten durch das Blätterdach, und Nachtfalter schwirrten im Mondlicht herum. Und als er genauer hinsah, entdeckte er zwei gestreifte Beine, die in Stiefeln steckten und von einem Ast baumelten.

»Klarinde!«, rief er erleichtert. »DA bist du! Was machst du da oben auf dem Baum?«

»Dumme Frage«, antwortete sie mürrisch. »Ich wohne hier! Wer würde nicht auf dem schönstesten, wundervollstesten Baum der Welt wohnen wollen? Und ich wäre auch besser hiergeblieben! Eine schlauere Frage ist, was du da unten machst. Du windest dich im Schlamm wie ein dicker, fetter Wurm!«

Paul rappelte sich mühsam auf und sah, dass Klarinde sich den Bauch rieb und ein böses Gesicht machte. Auf ihren Schultern saßen Vögel, die zu ihrer Verärgerung an ihrem Hut herumpickten. »Hinfort mit euch! Immer dieses Gepicke und Gehacke. Ich bin doch kein frutzeliges Futterhäuschen, verflixt und zugenäht. Lasst mich

in Ruhe!« Sie wedelte mit den Armen, um die Vögel zu verscheuchen, aber im nächsten Moment landeten drei Drosseln auf ihrem Hut. Paul hatte noch nie zuvor Vögel kichern hören.

Die Klettenhexe hatte offensichtlich keine gute Laune. Es war also das Beste, gleich zur Sache zu kommen. »Ich möchte dir sagen, wie sehr es mir leidtut, Klarinde«, sagte Paul so höflich, wie er sonst nur mit Bibliothekaren und Polizisten sprach.

»Ach? Jetzt tut es dir leid? Na, da hast du lange gebraucht!« Klarinde holte tief Luft. Paul war klar, dass ihm ein gewaltiges Donnerwetter bevorstand. Es war, als hätte er eine Gewitterwolke über sich und wüsste, dass er jeden Moment nass werden würde. *Ich hätte wohl besser auch einen Schirm mitgebracht,* dachte er.

»Was bist du nur für ein verräterischer Mistbock von einem Häusling! Du warst Klarinde kein guter Freund! Das war nicht nett!« Sie wischte sich eine Träne weg, tat aber so, als hätte sie Dreck ins Auge bekommen. »Freundschaftsregel Nummer eins: Freunde schnüffeln

Freunden nicht hinterher – das ist ungehörlich. Regel Nummer zwei: Freunde glauben Freunden, wenn sie sagen, dass sie eine Hexe sind.«

»Es tut mir leid.«

»DRITTENS: Man rührt die Sachen von Hexen nicht an. NIEMALS! Das wissen selbst die Eichhörnchen, und die sind dumm wie Bohnenstroh!« Sie stand auf, und ihr roter Strubbelkopf leuchtete im Mondlicht. »Du bist längstens nicht so schlau, wie du denkst. Du bist ein Piesepampel und ein ... ein vorwitziger Alles-wissen-Woller.«

»Es tut mir leid«, wiederholte Paul.

»Mein Grimoire sagt, ich soll dich in eine Katze mit Wackelaugen und einem Würstchen als Schwanz verwandeln«, wetterte Klarinde und hielt ihr Zauberbuch hoch. »Oder willst du lieber reden wie eine Krähe? Krah-Krah! DAS wäre dir eine Lehre. Dann würdest du deine dummdusselige frutzelige Häuslingsnase wohl nicht mehr in Sachen stecken, die dich nichts angehen!«

Oh je! Paul bekam es mit der Angst zu tun. Es lief noch viel schlechter, als er gedacht hatte.

»Aber«, sagte Klarinde, und ihre Stimmung besserte sich schlagartig, »das werde ich nicht tun. Zu deinem Glück grollen Hexen nur 97 Prozent der Zeit. Grollen ist kein gutes Benehmen, und gutes Benehmen ist Klarinde unheimlich wichtig.« Sie faltete ihre Hände sittsam im Schoß.

Puh, dachte Paul. Bevor sich ihre Laune wieder änderte, musste er sich schnell entschuldigen und Besserung geloben. »Es tut mir wirklich schrecklich leid, Klarinde. Ich hätte nicht in deinen Rucksack gucken dürfen. Das war ganz schön unverschämt. Ich bin kein verräterischer Mistbock, wirklich nicht, und ich möchte dir ein besserer Freund sein. Bitte tu mir nichts. Ich entschuldige mich dafür, dass ich dich gekränkt habe.« Paul machte ein verlegenes Gesicht. »Können wir vielleicht noch mal neu anfangen, wo wir uns jetzt besser verstehen? Du ... du hast mir gefehlt.«

»Es wäre zum Beispiel *kein* gutes Benehmen«, fuhr Klarinde fort, als hätte sie ihn gar nicht gehört, »wenn man einen Freund in seinem schönen Heim besucht und nichts Süßiges mitbringt.« Sie verschränkte die Arme vor der Brust und sah ihn mit hochgezogenen Augenbrauen an. Aber Paul war gut vorbereitet. Er zog das Schokoladentörtchen aus der Tasche und hielt es hoch.

Prompt kam eine Elster von dem Baum herabgeflogen, schnappte sich das Törtchen und legte es Klarinde in die ausgestreckte Hand.

»Wenn du Bauchweh hast, solltest du vielleicht mit dem Essen vorsichtig sein …«

Klarinde stopfte sich das Törtchen in den Mund. »Keine Sorge, alles gut«, nuschelte sie.

»Kommst du dann morgen wieder in die Schule?«, rief Paul. Es war sehr dunkel geworden, und er wollte zurück ins sichere Haus.

»Schon möglich – wenn du mir so die Ohren vollheulst«, sagte sie. »Die vermissen mich gewisslich. Und die Vögel machen mich sowieso irre. Ich könnte ein bisselchen Ruhe gebrauchen.«

»Dann treffen wir uns also morgen am Tor? Pünktlich um halb neun?«, rief Paul. »Und wir fangen neu an? Von Gleich zu Gleich? Offen und ehrlich?«, fügte er hoffnungsvoll hinzu. »Oh, und bitte bedusel meine Mutter nicht wieder, das geht einfach nicht. Und würdest du vielleicht morgen deinen komischen Hut zu Hause lassen?«

Klarinde gab keine Antwort, denn sie schlief schon tief und fest. Sie hatte einen Klecks Schokoladenglasur an der Nase, und an ihrem Stiefelabsatz baumelte eine Fledermaus.

11

Wissenschaft und Zauberfix

Paul war so aus dem Häuschen, weil er

a) eine Freundin hatte,

b) eine echte Hexe als Freundin hatte,

c) nicht wie eine Krähe herumkrächzen musste,

dass er nachts kein Auge zubekam. Er dachte die ganze Zeit an die aufregenden Abenteuer, die zwei besonders begabte Kinder zusammen erleben konnten. Alles war möglich, es gab keine Grenzen. Am nächsten Morgen stand er in aller Frühe auf und wartete nach dem Frühstück am Tor.

Es wurde halb neun, und von Klarinde war weit und breit nichts zu sehen. Paul schaute auf die Uhr: Wenn sie jetzt losgehen würden, konnten sie es gerade noch rechtzeitig schaffen. »Komm schon, Klarinde«, murmelte er, als eine weitere Minute vergangen war, und klopfte ungeduldig mit dem Fuß auf den Boden. *Vielleicht kommen Hexen ja immer zu spät,* dachte er. *Ob ich mal zu ihrem Baum gehe?* Wenn er ihn ein bisschen schüttelte, fiel sie vielleicht wie eine Walnuss herunter. Weitere zwei Minuten vergingen. Er nahm sich vor, ihr zu erklären, dass Regeln ihren Grund hatten. Er konnte ihr viele Dinge beibringen und hatte jede Menge gute Ratschläge für sie. Er schaute wieder auf seine Uhr. Wo blieb sie nur?

Paul wartete, so lange er konnte – bis zur allerletzten Sekunde –, aber Klarinde kam nicht. Jetzt musste er sich beeilen und rannte den ganzen Weg zur Schule. Als er mit hochstehenden Haaren und verrutschter Krawatte ins Klassenzimmer stürmte, war Klarinde schon da. Sie saß brav an ihrem Platz und las in einem Buch – das sie allerdings verkehrt herum in den Händen hielt.

»Ah, Paul«, sagte Professor Helle stirnrunzelnd. Er goss gerade seinen Farn, der sich unerklärlicherweise über Nacht erholt hatte. »An dieser Schule ist Unpünktlichkeit nicht gut angesehen.« Er griff zum Klassenbuch, entfernte zwei von Pauls Sternchen und klebte sie in die Zeile, in der »Klettenhexe« stand. »Du solltest dir ein Beispiel an deiner Freundin nehmen.«

Paul setzte sich beleidigt neben Klarinde. »Warum hast du nicht auf mich gewartet?«

»Ach«, sagte sie bedauernd, leckte sich die Hand ab und strich ihre Haare glatt. »Das habe ich vergessen zu sagen: Hexen warten nicht.« Paul schwieg, weil er mit einer Entschuldigung rechnete, aber es kam keine. Als er auf ihren Tisch schaute, stellte er fest, dass ihr Federmäppchen genauso aussah wie sein verschwundenes. Genau genommen waren sogar ALLE Sachen auf ihrem Tisch von ihm: Taschenrechner, Kulis, Radiergummi, Farbstifte, Lineal und Zirkel. Er überlegte gerade, ob er etwas sagen sollte, als Klarinde meinte: »Kopf hoch! Heute Morgen sind die Naturwissenschaften dran, und darin bin ich hervorragend.«

»Ja? Wirklich?«, fragte Paul freudig überrascht und wurde sofort munter. Physik, Chemie und Biologie waren seine Lieblingsfächer, dicht gefolgt von Geologie, Archäologie und Astronomie. Er hatte viele naturwissenschaftliche Bücher zu Hause und hoffte, dass er eines Tages ein berühmter Wissenschaftler werden würde und etwas richtig Wichtiges entdeckte. Er hatte sogar ein T-Shirt, auf dem »Wissenschaft ist wichtig« stand. Vielleicht war das ja eine Gemeinsamkeit zwischen ihm und Klarinde. Vielleicht konnten sie ein Superduper-Wissenschaftsteam werden.

»Oh ja«, sagte Klarinde und schnippte ein Papierkügelchen in Newtons Richtung, der sie mit zuckendem Schwanz beobachtete. »In Naturwissenschaften sind Hexen die Bestesten. Du wirst schon sehen!«

* * *

Professor Bunsen war ein weltbekannter Schmetterlingsforscher und Autor des Bestsellers »Das Glück der Schmetterlinge«. Er unterrichtete Naturwissenschaften an der Maria-Makellos-Schule. Er war sehr ernst, und es gab das Gerücht, dass er noch nie gelächelt hatte, kein einziges Mal. Paul betete ihn an wie einen Gott.

»Heute, liebe Kinder, wollen wir uns mit Wettersystemen beschäftigen. Wer kann mir etwas dazu sagen?« Jede Menge Hände schossen in die Höhe, und Paul meldete sich natürlich auch. Womit sollte er anfangen? Mit dem Regenwald? Oder mit der Arktis? Sollte er das Magnetfeld des Monds ansprechen oder einfach bei den Wirbelstürmen beginnen?

Professor Bunsen runzelte die Stirn und zeigte auf Klarinde. »Du, neues Mädchen!«

Klarinde hustete und stieß dabei ein Wort aus, das sich verdächtig nach »Beduselfix« anhörte, und Paul sah sie scharf an.

»Das ist ja nun wirklich nicht schwer.« Sie seufzte und legte die Beine auf den Tisch. »Für das Wetter ist Barni Petz zuständig, der Bär, wo auf dem Mond lebt.«

Die ganze Klasse brüllte vor Lachen. Aber Paul wusste, dass es kein Witz war. Klarinde hatte es ernst gemeint, und es war ihm wahnsinnig peinlich.

»Sehr amüsant, Fräulein ... äh ...« Professor Bunsen schaute ins Klassenbuch. »Fräulein Hexe. Hat sonst jemand eine intelligente Antwort?«

Klarinde sprang auf und zeigte mit ausgestrecktem Zeigefinger auf den Lehrer. »Jetzt hören Sie mir mal zu! Barni macht alle Gewitter und Trockenzeiten. Nebel kann er besonderst gut. Er hat schon viele Preise für seine Nebelschleier gewonnen.« Nun bekam sie einen richtigen Hustenanfall: »BEDUSELFIX-BEDUSELFIX-BEDUSELFIX!«

Professor Bunsen schnalzte missbilligend mit der Zunge und rief einen von den Wilson-Zwillingen auf.

In diesem Moment entdeckte Klarinde die alten Schaukästen an der Wand.

»Na, das erklärt alles«, sagte sie und zeigte auf die Schmetterlingssammlung. »Dieser üble Firlefanz direkt über unseren Köpfen. Deshalb funktionuckelt der Zauber nicht«, raunte sie Paul zu. »Der da ist ein böser Gelehrter.«

»Ist er nicht!«, zischte Paul. »Er ist ein brillanter Wissenschaftler. Mach dir keine Gedanken. Die Schmetterlinge sind schon seit Jahrhunderten in diesen Kästen.« Dr. Bunsen rumorte in der Gerätekammer herum und suchte Tabletts und Bechergläser zusammen. »Guck!«, sagte Paul, um das Thema zu wechseln. »Wir machen ein Experiment!«

Klarinde stutzte. »Du meinst, wir zaubern? Kann er das denn?«

»Auf gewisse Weise schon«, tuschelte Paul aufgeregt. »Er kann mithilfe von Natron und Essig Vulkanausbrüche machen.«

Klarinde zog eine Augenbraue hoch. »Kann er diesen Tisch in eine Giraffe verwandeln?«

»Nein, so etwas können Wissenschaftler nicht.«

»Also können sie nicht zaubern?«

»Nun … äh …«

»Pass mal auf!«

»NEIN, KLARINDE, BITTE NICHT!«

Aber es war zu spät. Sie zog eine Feder aus der Tasche und nieste darauf: »Hatzi … ZAUBERFIX!«

Ein kalter Wind fegte durchs Klassenzimmer, schlug die Tür der Gerätekammer zu und schloss sie ab. »Wer war das?«, rief Professor Bunsen von drinnen und rüttelte an der Klinke. »Sofort aufmachen!«

Die Schlüssel der Schaukästen an der Wand fielen klirrend zu Boden, und die Glastüren sprangen auf. Zur Überraschung aller waren die Kästen auf einmal leer. »Wo sind die Schmetterlinge hin?«, fragte Paul und sah Klarinde mit zusammengekniffenen Augen an. »Bring! Sie! Zurück!«

»Zurück?«, sagte sie unschuldig wie ein Lamm. »Ich weiß nicht, was du meinst.«

Plötzlich gab es eine Menge Geschrei, denn aus den Uniformen der Kinder kamen Schmetterlinge hervor. Hunderte Schmetterlinge – Monarchfalter, Pfauenaugen, Zitronen- und Distelfalter – schlüpften aus Taschen und Ärmeln und flatterten durch die Luft wie buntes Konfetti. Alle rannten zur Tür. Das Gedränge war riesig, weil jeder dem wirren Geschwirr entfliehen wollte.

»Was hast du getan?«, rief Paul über den Lärm hinweg. Klarinde stand ganz ruhig da. Sie war über und über mit Schmetterlingen geschmückt, und als sie mit den Schultern zuckte, flatterten sie alle davon. »Ich weiß nicht genau, wie es dazu gekommen ist. Manchmal *passieren* Sachen einfach, wenn ich mich ärgere. Ich muss mir das hier unbedingt aufschreiben. Es ist wirklich ein überraschender, großartiger Erfolg.«

»EIN GROSSARTIGER ERFOLG?« Paul blieb der Mund offen stehen. Er warf einen Blick auf die leeren Schaukästen. Die Tür der Gerätekammer rappelte und zitterte immer heftiger, und er hörte den Professor schreien. »Was sollen wir mit ihm machen?«

»Böse Gelehrte bekommen, was sie verdient haben. Aber egal, als Nächstiges haben wir Kochunterricht, und darauf freue ich mich wirklich sehr. Bis gleich, mein Freund!« Sie winkte überschwänglich und verließ den Klassenraum. Paul blieb nichts anderes übrig, als lahme Erklärungen durch das Schlüsselloch der Gerätekammer zu stammeln.

Er brauchte die halbe Pause dafür, Professor Bunsen zu beruhigen und dem Hausmeister begreiflich zu machen, dass er den Schlüsseldienst rufen musste. Als Paul endlich auf den Schulhof kam, hatte er nur noch ein paar Minuten. Er sah sofort, dass die anderen alle in einer Ecke zusammengelaufen waren. So einen Auflauf gab es nur, wenn etwas Besonderes im Gang war. Doch sein Magen zog sich zusammen, als er Klarinde in der Mitte der Versammlung entdeckte. Sie war der Star der Show.

»Wisst ihr«, erklärte sie ihren aufmerksamen Zuschauern, »es gibt drei Stufen von Magie: mittel, mächtig und megatronisch. Was ich kann, ist natürlich megatronisch.« Sie verbeugte sich mit einer eleganten Handbewegung.

»Aber wie hast du das gemacht?«, fragte ein Mädchen mit lockigen Haaren und drängelte sich nach vorn durch. »Wie sind die vielen Schmetterlinge aus den Schaukästen in unsere Taschen gekommen? Das war unglaublich!«

»Es war mehr als unglaublich«, sagte Chan lachend. »Es war das reinste Wunder! Du hast uns wirklich gefehlt, Klettenhexe. Mit dir macht alles viel mehr Spaß! Würdest du uns jetzt etwas vorzaubern?«

»Oh ja, bitte!«, rief ein anderes Kind. »Es muss toll sein, wenn man zaubern kann. Ich kann nur sieben Sprachen und Flügelhorn spielen.«

»Na gut«, flötete Klarinde geschmeichelt. »Wenn ihr darauf besteht. Es ist hauptsächlich eine Frage der Übung, wisst ihr?« Sie rieb sich vergnügt die Hände, und ihr Blick fiel auf ein paar Regenwürmer in einer Pfütze neben ihr. »Wie wäre es, wenn ich diese Regenwürmer in Schlangen verwandele?«

Paul marschierte auf sie zu und fasste Klarinde am Ellbogen. »Hahaha, sie macht nur Witze! Wir sind ja nicht im Mittelalter, nicht wahr? Sie kann natürlich *nicht* richtig zaubern, das wäre doch absurd! Solche Zauberdarbietungen sind absolut erklärbar – wir befinden uns schließlich im einundzwanzigsten Jahrhundert!«, rief er, während er sie fortzog. »Das sind nur Tricks und Illusionen. Sie ist einfach eine begabte Magierin – wie der große Simsalabimbam oder so. Deshalb trägt sie ein Kostüm ...« Er zeigte auf ihren Hut. »Wie im Theater, versteht ihr? Der richtige Look ist wichtig, das gehört alles dazu. Du bist eher eine Illusionistin, nicht wahr, Klarinde?«

Klarinde ruderte mit den Armen und riss sich von ihm los. »Nein, bin ich nicht! Wie im Theater? Wie kannst du es wagen! ICH BIN EINE MÄCHTIGE, FAMOSE HEXE! Ich habe eine Urkunde! Hinfort mit dir ... du STINKMORCHEL!«

Die Versammlung löste sich auf. Nur Viktoria blieb. Sie beobachtete Klarinde mit sauertöpfischer Miene und machte sich Notizen. »Was guckst du so, hochnäsige Bäckerin?«, rief Klarinde und zeigte mit ihrem krummen Finger auf sie. »Pass bloß auf, Fräulein, sonst gibt es hier ein gewaltiges Beduselfix, noch bevor es Abend wird!«

Paul zerrte sie mühsam in die Ecke des Basketballplatzes, um unter vier Augen mit ihr zu sprechen.

»Hör mal, Klarinde, das muss aufhören. DU weißt, dass du zaubern kannst, und ICH weiß, dass du zaubern kannst, aber du darfst die Leute nicht mehr beduseln. Und du darfst auf keinen Fall überall herumerzählen, dass du eine echte Hexe bist.«

»Und warum nicht, Herr Neunmalklug?« Klarinde verschränkte die Arme vor der Brust, und ihre Augen verengten sich zu grünen Schlitzen. »Vielleicht bist du ja nur neidisch.« Sie machte einen Schmollmund. »Alle anderen haben eine Begabung: Dingsda mit seinen ausgefallenen Wörtern und Soundso mit ihrem Flügelhorn. Warum dürfen sie nicht wissen, dass Klarinde eine Hexe ist?«

Das war eine gute Frage. Paul hatte die halbe Nacht darüber nachgedacht. Tatsache war, dass die Leute Hexen nicht mochten. Er hatte in Geschichtsbüchern gelesen, dass man sie jahrhundertelang dafür verantwortlich gemacht hatte, wenn die Ernte ausfiel oder die Milch sauer wurde. Soldaten hatten ihre Häuser niedergebrannt und sie sogar in Teiche geworfen, um zu sehen, ob sie ertranken. Wütende Bauern hatten sie mit Mistgabeln gejagt. Es war die Zeit der sogenannten Hexenverfolgung gewesen. Aber wie sollte er Klarinde das erklären? Sie würde nur wieder einen Wutanfall bekommen.

Außerdem war ihm klar, dass sie einen Haufen Probleme bekamen, wenn die Erwachsenen hörten, dass es eine echte Hexe an der Schule gab. Die Schulinspektoren würden kommen und eine Menge Formulare mitbringen. Sie würden mit »Warum? Wieso? Weshalb?« nerven und viele Fragen zu Gesundheit und Sicherheit stellen. Und auch wenn sie keine Hexe wäre, würden sie ein kleines Mädchen nicht allein in einem Garten leben lassen, wo sich nur die Vögel um sie kümmerten. Wahrscheinlich würden sie

Klarinde nicht mehr auf ihren Baum lassen. Und womöglich würden sie noch Experimente mit ihr machen! Sie hatte ihr Zuhause, den Garten, nur verlassen, weil sie seine Freundschaft gesucht hatte. Und ein Freund ließ nicht zu, dass seine Freundin so etwas durchmachen musste.

Er dachte daran, dass Viktoria sich Notizen gemacht hatte, und plötzlich fiel ihm der Brief wieder ein, den er auf ihren Platz gelegt hatte. Er hatte so getan, als wäre er von Klarinde, und er hatte geschrieben, dass sie zaubern konnte. Er wurde rot vor Scham. Es durfte doch niemand erfahren! Es musste ein Geheimnis bleiben, weil er nur so für ihre Sicherheit sorgen konnte. Freundschaft war eine viel kompliziertere Sache, als er sich jemals vorgestellt hatte. Vor allem, wenn die Freundin auch noch eine Hexe war.

Paul atmete tief durch und sagte das Netteste und Klügste, was ihm einfiel: »Du hast recht, Klarinde, ich BIN neidisch. Ich hatte noch nie so eine Freundin wie dich. Kann es nicht unser Geheimnis bleiben? Das wäre doch toll, oder? Bitte erzähl sonst niemandem etwas vom Zaubern. Es könnte ein besonderes Geheimnis zwischen Freunden sein, zwischen besonders guten Freunden. Paul und Klarinde, Klarinde und Paul, die allerdicksten Freunde? Was meinst du?« Er lächelte sie an.

Wie von Zauberhand legte sich Klarindes Wut. Es war, als wiche die Luft aus einem aufgeblasenen Ballon. Sie strahlte vor Freude und sah ihn durch ihr schmutziges Fernglas geschmeichelt an. Pauls Trick hatte wunderbar geklappt.

12

Feuerwerk im Hitzekasten

Der Kochunterricht hatte begonnen, und Klarinde hatte lauter gute, freundliche Gefühle im Bauch. Sie zeigte sich von ihrer besten Seite: Sie hatte sich ihre Schürze umgebunden und saß brav mit gefalteten Händen am Tisch. Sie hatte sogar ihren spitzen Hut abgenommen und wie alle anderen eine Kochmütze aufgesetzt.

»Ich werde nicht zaubern, Paul, das verspreche ich«, sagte sie. Die Vögel, die auf dem Fensterbrett saßen und sie anstarrten, beachtete sie gar nicht. »Ich werde einfach kochen wie ein ganz normaler Mensch ...« Sie zeigte auf die Töpfe, die oben auf dem Ofen standen. »Mit dem Hitzekasten. Können wir die Pottis auch verwenden? Klarinde liebt Pottis.«

Paul musste grinsen. Wenn Klarinde sich benahm, fand er sie sehr lustig. Sie dachte sich ständig Wörter aus. Zum Beispiel sagte sie »Glattmacher« zu einem Bügeleisen oder »Zahlentaster« zu einem Taschenrechner. Er hatte schon oft versucht, sie zu verbessern, aber sie tat immer so, als hörte sie ihn nicht. Sie würde ihm viel Arbeit machen, aber Paul liebte Herausforderungen. Er wollte ihr beibringen, was gutes Betragen war, und vielleicht würde er alle Erfahrungen in einem Buch mit dem Titel »Wie man Hexen erzieht« festhalten. Womöglich wurde er eines Tages ein berühmter Schriftsteller.

Madame Galette, die Kochlehrerin, stand vorn und schrieb etwas an die Tafel. Sie war eine richtige Französin und hatte einen kleinen Kopf und einen langen Körper. Wenn Paul sie sah, musste er immer an ein Nudelholz denken.

»Heute, *mes enfants,* wollen wir Feuerwerks-Törtchen backen. Sie heißen so, weil sie eine geheime Zutat haben: scharfen, feurigen Ingwer!«, sagte Madame Galette. »Sie sind sehr wärmend, und ihre Schärfe haut euch die

Kochmützen vom Kopf – *puff!*« Sie blickte mit erhobenem Zeigefinger in die Runde und fuhr fort: »Diese herrlichen kleinen Törtchen wurden von einem unserer Schüler erfunden; von einem ehemaligen Schulsprecher, der heute als Chefkoch im Hotel Ritz arbeitet. Ich erwarte also spektakuläre Ergebnisse.«

Paul schloss sich rasch mit Klarinde zusammen. »Ich kümmere mich um die Zutaten«, sagte er. »Es ist nämlich sehr wichtig, sie genau auszuwiegen und den Anweisungen Schritt für Schritt zu folgen. Du kannst das Rühren übernehmen.« Klarinde machte sich mit Feuereifer an die Arbeit. Mehlwolken stiegen in die Luft, und zum Schluss hatte sie weiße Haare und war von der Anstrengung ganz rot im Gesicht. Als der Teig fertig war, stippte Klarinde den Finger hinein und probierte. Sie zog die Nase kraus. »Das schmeckt nicht.«

Paul lachte über ihr enttäuschtes Gesicht. »Natürlich schmeckt der Teig so noch nicht, du Dummerchen. Er muss erst gebacken werden, dann schmeckt er köstlich. Das ist die Magie des Backens. Du wirst schon sehen!«

Er freute sich auf das Ergebnis ihrer gemeinsamen Arbeit und ging ein Backblech holen. Es machte ihm Spaß, Klarinde etwas beizubringen. Und sie hatte noch viel zu lernen. Mit dem Backen war es wie mit der Wissenschaft: Wenn man alles richtig vorbereitete und die Maßangaben einhielt, war der Erfolg garantiert. Daraus konnte Klarinde eine Lehre ziehen.

Als er zurückkam, sah er, wie sie sich über die Rührschüssel beugte und etwas murmelte.

Paul wurde sofort misstrauisch. »Was machst du denn da?«

»Nichts!«, rief Klarinde und richtete sich hastig auf. »Gar nichts! Können wir das jetzt in den Hitzekasten tun? Ich sterbe vor Hunger ...«

Es dauerte exakt zehn Minuten, bis der Ofen in die Luft flog. Es begann mit ein paar Funken, dann zischte und knisterte es, und am Ende gab es einen lauten WUMMS! Rauchwolken breiteten sich aus. Alle Kinder wurden hustend und prustend auf den Schulhof geführt. Viktoria war außer sich vor Wut. Die Explosion hatte ihre sorgfältig geflochtenen Zöpfe durcheinandergebracht, und nun standen ihr sämtliche Haare vom Kopf ab. Sie sahen aus wie ein rußgeschwärzter Strahlenkranz.

Paul war entsetzt, als Klarinde ihm seelenruhig erklärte, was sie getan hatte: »Wenn ein Kuchen Feuerwerk heißt, dann muss er doch explosieren, oder? Was hat das sonst für einen Sinn? Und mit Ingwer allein geht das nicht. Ingwer brennt bloß ein bisselchen auf der Zunge. Ich habe nur eine kräftige Prise von dem richtigen Mittel dazugegeben, damit es auch gehöriglich kracht. Sie wollte doch spektakuläre Ergebnisse, und die hat sie bekommen. Man sollte meinen, sie würde sich mehr freuen.«

Madame Galette brüllte zornig über das Getöse von Feueralarm und Sirenen hinweg und führte Paul aus dem Raum. Er musste zum ersten Mal in seinem Leben nachsitzen – und vierhundertmal den Satz »Schießpulver ist keine Zutat« auf Latein schreiben *(Pulvis ignis pars non est)*. Klarinde stand draußen vor dem Fenster und schnitt Grimassen, während Stare ihr verbrannte Kuchenkrümel aus den Haaren pickten.

Als Paul endlich die Schule verlassen durfte, machte er mit Klarinde auf dem Heimweg noch einen Abstecher in die Bücherei. Klarinde war entzückt von der Naturkunde-Abteilung und graste ein Regal nach dem anderen ab, auf der Suche nach Bildern von Bäumen.

Während sie beschäftigt war, verschwand Paul in einem anderen Gang, um sich nach Ratgebern zum Thema Freundschaft umzusehen. Bücher halfen ihm normalerweise immer weiter. Und weil er nicht viel Erfahrung mit Freundschaften hatte, wollte er wissen, ob er vielleicht etwas falsch machte. Er gab sich wirklich alle Mühe – zum Beispiel hatte er nichts gesagt, als Klarinde die Buchsbaum-Skulpturen vor der Schule, die wie Schachfiguren aussahen, zu spitzen Hüten zusammengeschnitten hatte. Aber waren tatsächlich alle Freundschaften dermaßen schwierig?

Er entdeckte ein Buch mit dem Titel »Freundschaft ist wundervoll« und runzelte skeptisch die Stirn. Er fand es eher gefährlich als wundervoll, mit Klarinde befreundet zu sein. In dem Buch gab es Kapitel über Zuhören und Teilen, aber über Schwierigkeiten mit Hexen stand nichts darin.

Paul seufzte und stellte das Buch schnell ins Regal zurück, bevor ihn jemand damit sah. Er musste sich einfach noch mehr anstrengen.

Am nächsten Tag verkündete Professor Helle der Klasse, dass er ein aufregendes neues Projekt für sie hatte. »Nach den gestrigen Problemen hat die Direktorin beschlossen, dass es eine gute Maßnahme sein könnte, mit euch nach draußen an die frische Luft zu gehen. Dem kann ich nur voll und ganz zustimmen, denn mich hat urplötzlich die Liebe zur Natur gepackt.« Er pflückte eine Butterblume, die in seinem Tintenfass wuchs, und steckte sie sich hinters Ohr. Dann zeigte er auf die Schwarz-Weiß-Klassenfotos an den Wänden. »Viele von diesen Schülern wurden Pioniere in ihren Fachgebieten. Manche haben die Antarktis erforscht, andere haben den Amazonas mit dem Kanu erkundet. Wir dürfen nicht vergessen, dass es in unserer Hochbegabten-Schule um das Streben nach Erkenntnis geht. In der Stube hocken und büffeln ist längst nicht alles!« Die Klasse jubelte, und Paul fiel auf, dass Klarinde ein verdächtig zufriedenes Gesicht machte.

»Ein unabhängiger, neugieriger Geist«, fuhr Professor Helle fort, »ist der Schlüssel zum Abenteuer! Wir möchten, dass ihr eure eigenen Abenteuer erlebt, indem ihr die Ärmel hochkrempelt, das Schulgebäude verlasst und selbst zu Naturforschern werdet.« Er verteilte Klemmbretter an alle. »Eure Aufgabe wird es sein, euch einen Ort in der Nähe zu suchen und die dortige Flora und Fauna genauestens zu studieren. Ihr arbeitet dabei in Zweierteams zusammen und habt eine Woche Zeit für das Projekt. Wer den besten Bericht abliefert, bekommt diesen tollen Preis.« Er hielt eine Holzkiste hoch, in der unterschiedlich dicke Bambusrohre steckten. »Ein Insektenhotel!« Große Begeisterung brach aus, und dann ging auch schon die Partnersuche los.

Klarinde hatte glänzende Augen. Sie griff in ihre Spinnentasche und holte ein riesiges Krabbeltier heraus. »Hast du das gehört?«, sagte sie zu der Spinne. »Ein Hotel! Das ist wirklich schnieke.« Dann drehte sie sich zu Paul um. »Das will ich! Und ich werde es auch bekommen, und du wirst mir helfen, weil Freunde das so machen.«

Paul sah sehnsüchtig zu einem Mädchen hinüber, das ganz in der Ecke saß. Tasmina war eine preisgekrönte Umweltschützerin. Sie wäre die perfekte Partnerin für dieses Projekt gewesen. Sie war ständig mit einem Kescher an Teichen zugange und redete in einem fort über Kompost. Tasmina nahm es besonders genau mit technischen Daten, was Paul sehr gut gefiel. Aber Viktoria machte sich schon an sie heran und versuchte, sie mit einem Hefeteilchen zu bestechen. Er biss sich auf die Unterlippe und wandte sich Klarinde zu. »Also gut«, sagte er und dachte an die Ratschläge in dem »Freundschaft ist wundervoll«-Buch. »Welchen Ort nehmen wir?«

Klarinde stand auf, steckte die Spinne wieder in die Tasche und lachte. »Na, das ist einfach – den herrlichsten Garten der Welt natürlich. Mir nach!«

13

Das Gartenprojekt

Paul musste zugeben, dass der Garten morgens im hellen Sonnenschein nicht mehr ganz so gruselig aussah.

Klarinde bahnte sich einen Weg durch das wuchernde Gestrüpp. Immer wieder musste sie Weißdornzweige, Geißblattranken und Zaunwinden zur Seite schieben. Paul blieb einen Schritt hinter ihr und hielt Stift und Notizbuch parat.

»Was für ein Spaß!«, schwärmte Klarinde, deren Haare voller Dornen und Blätter waren. »Das wird das besteste Projekt aller Zeiten. Lass uns damit anfangen, dass wir die wichtigstesten Gewächse auflisten: *die Bäume.* Als Erstes haben wir hier den mächtigen Walnussbaum!« Mit einem schwungvollen Sprung und ein paar Hopsern war sie im Nu oben im Geäst. »Hör mir gut zu, Paul!«, rief sie und hielt fünf Finger hoch. »Hier sind fünf wesentliche Informationen über meinen Baum:

1. Der lateinische Name ist *Juglans regia*.
2. Mit den Außenschalen von Walnüssen kann man schöne braune Tinte herstellen. Es ist die besteste Zaubertinte mit enormen magischen Kräften.
3. Der Baum ist 157 Jahre alt und damit der ältesteste im Garten.
4. Walnüsse sind sehr gut für das Gehirn. Deshalb bin ich so weise.
5. Walnussbäume sind die großartigstesten von allen Bäumen, und mein Baum ist der besteste von allen Walnussbäumen. Dieser fünfte Punkt ist der wichtigsteste von allen. Schreib das auf!«

Paul hielt mit gezücktem Stift inne und betrachtete Klarinde nachdenklich. Sie war zwischen den Blättern und Ästen kaum zu erkennen. Die dunklen Farben ihrer Kleidung waren wirklich die perfekte Tarnung. Offensichtlich fühlte sie sich auf dem Walnussbaum so zu Hause wie ein wilder Vogel.

»Wohnst du die ganze Zeit da oben?«, fragte er. »Wirst du nicht nass, wenn es regnet?«

Sie schaute mit dem Fernglas zu ihm hinunter. »Regen ist gesund.«

»Und im Winter? Ist es dann nicht zu kalt?«

»Kälte ist auch gesund. Willst du mich nicht endlich etwas über meinen Baum fragen?«

»Also gut. Wie lange wohnst du schon auf dem Baum?«

»Mal überlegen ...« Sie schwang fröhlich einen Stock. »Länger als eine Wühlmausnase, aber kürzer als ein Elefantenrüssel.« Dann plumpste sie ohne Vorwarnung vom Baum und ging einen alten Pfad entlang, der mit Brombeergestrüpp bewachsen war.

»Klarinde!«, rief Paul ihr nach. »Klarinde ... Autsch, das pikst ... Verflixt ... Aber warum lebst du in unserem Garten? Aua!«

»Ich lebe in MEINEM Garten!« Ihre Stimme kam mitten aus dem Dickicht. »Weil es der besteste Platz auf der Welt ist. Das ist ja wohl so klar wie Kloßbrühe. Jetzt komm und sieh dir meine Schätze an.«

Sie zog eine Sitzbank aus dem Gebüsch. »Darauf hat einst eine *echte* Herzogin gesessen. Die Bank ist inzwischen ein bisselchen wackelig, weil die Herzogin ein ziemlich dickes Hinterteil hatte, aber ist es nicht die allerwunderbarsteste Bank, die du jemals gesehen hast?« Paul warf einen skeptischen Blick auf die morschen Latten und die rostigen Armlehnen.

»Und da drüben«, fuhr Klarinde fort und zeigte voller Begeisterung auf ein verfallenes Gewächshaus, »wachsen saftige Ananasse und Pfirsiche.« Paul hielt nach Früchten Ausschau, sah aber nichts als Brennnesseln und Dornensträucher.

Als er sich hinter dem Gewächshaus umschaute, stieß Paul auf zwei steinerne Pfaue in Lebensgröße. Sie lagen mit beschädigten Flügeln und abgebrochenen Schnäbeln im Gras.

»Die gefallen mir«, sagte er und knibbelte das Moos von den Figuren. »Schade, dass sie so alt und kaputt sind. Als sie neu waren, sahen sie bestimmt beeindruckend aus.«

»Neu?« Klarinde sah ihn schräg an, als wüsste sie nicht, was er damit meinte. Dann schloss sie die Augen und sang leise:

Wind und Wetter,
Freund und Feind,
Stein und Feder,
lebendig erscheint!

Die Steinpfaue begannen sich zu regen. Sie schaukelten hin und her, bis sie sich schließlich aufrichteten. Dann veränderte sich ihre Farbe: Aus dem matten Granitgrau wurden leuchtende, schillernde Blau- und Grüntöne. Paul sah staunend zu, wie sie ihre bunten Schwanzfedern zu fächerförmigen Rädern aufstellten, aus denen ihn unzählige große Augen anstarrten. Nun schritten die Pfaue majestätisch davon, und ihr prächtiges Gefieder glänzte im Sonnenschein.

Paul war hin und weg. »Wie hast du das gemacht?«

Die Klettenhexe zuckte mit den Schultern, als wäre nichts dabei. »Nur mit alter Magie. Aber das ist noch gar nichts, pass mal auf!« Sie steckte zwei Finger in den Mund und stieß einen ohrenbetäubenden Pfiff aus. Ein Turmfalke kam im Sturzflug herabgesegelt und landete vor ihnen auf dem Boden.

Klarinde machte eine kleine Verbeugung. »Guten Morgen, Falko.« Dann stellte sie sich auf die Zehenspitzen und begann sich zu drehen. Ganz schnell und immer schneller. Gleichzeitig wurde sie immer kleiner und winziger, bis sie nur noch so groß war wie eine Feldmaus. Sie sprang dem Falken auf den Rücken und hielt sich an seinen Federn fest. »Aufwärts, bitte, in die Wipfel der Bäume!«, piepste sie, trieb ihn mit einem kräftigen Schenkeldruck an, und schon stiegen sie hoch hinauf in den Himmel. Paul sah ihnen nach und winkte. Und in null Komma nichts war Klarinde wieder zurück; in voller Lebensgröße und mit einem perfekten Tannenzapfen für ihr Projekt in der Hand.

Paul traute seinen Augen nicht. »UNGLAUBLICH!«, rief er. »Das ist das Beste, was ich jemals gesehen habe!«

Klarinde klopfte sich den Staub von den Sachen und gab Paul den Tannenzapfen zur Aufbewahrung. »Na ja, es ist nicht ungefährlich. Manchmal hat Falko die kleinen Geschöpfe ein bisschen zu gern, wenn du verstehst, was ich meine. Aber komm jetzt und sieh dir die Sonnenuhr an.«

An diesem Tag waren Paul und Klarinde fleißiger als die fleißigsten Bienen, sausten durch den sonnigen Garten und sammelten emsig Informationen. Sie maßen die Niederschlagsmenge in einem rostigen Blecheimer und entdeckten darin vier verschiedene Arten von Wasserkäfern. Sie zählten die Punkte auf den Flügeln der Marienkäfer, notierten, welche Falter und Schmetterlinge sie sahen, und behandelten ihre Brennnesselstiche mit zerdrückten schmerzlindernden Spitzwegerichblättern. Alle Sorten von Samen, die sie fanden, wurden gewissenhaft dokumentiert, Blätter wurden gesammelt, und jede einzelne Assel wurde gezählt. Klarinde und Paul arbeiteten zusammen – jeder auf seine Weise, aber für eine gemeinsame Sache und vereint wie die zwei Seiten einer Münze. Sie waren König und Königin des Gartens und konnten tun, was sie wollten. Sie hüpften herum und kletterten und matschten und lachten und spielten Verstecken.

* * *

Als sie müde wurden, stiegen die beiden auf den Walnussbaum. Paul öffnete seine Pausenbrotdose und nahm eine Tüte Kekse heraus, um sie mit Klarinde zu teilen. Wie ein Taubenpärchen saßen sie zusammen auf einem Ast und tauschten Geheimnisse aus.

»Eichhörnchen haben kitzelige Knie«, flüsterte Klarinde ihm zu.

»Manchmal habe ich ganz schlappe Arme vom vielen Polieren meiner Schulmedaillen«, gestand Paul.

»Von Narzissen muss ich immer niesen«, sagte Klarinde.

»Ich mag Lakritz-Schnüre«, sagte Paul.

»Ich habe mal eine Katze eine Woche lang bellen lassen«, erklärte Klarinde.

»Das ist echt toll, oder?«, sagte Paul mit einem breiten Lächeln im Gesicht. Und damit meinte er nicht das

Projekt, sondern etwas ganz anderes: Er fand es toll, dass sie Freunde waren. Es war viel besser, als ständig allein zu spielen – so eine Freundschaft war das größte Glück. »Es ist super hier oben!«, rief er und streckte die Arme in den Himmel. »Das ist der beste Baum der Welt!«

»Sag ich doch«, entgegnete Klarinde, warf sich eine Handvoll Walnüsse in den Mund und zerbiss sie krachend.

* * *

Die Zeit verging wie im Flug, und am Ende der Woche hatte Paul eine dicke Kladde voll Informationen gesammelt. »Das Krähenhorst-Gartenprojekt« war alphabetisch geordnet, mit einem Inhaltsverzeichnis versehen und beinhaltete außerdem viele Schaubilder, Tortendiagramme und ausführliche Beschreibungen von Flora und Fauna. Er hatte eine ganze Packung Leuchtmarker verbraucht, und sein Lineal und sein Winkelmesser waren öfter zum Einsatz gekommen als jemals zuvor.

Klarinde hatte kein Interesse an der Schreibarbeit gezeigt, aber die hatte Paul nur zu gern übernommen. Er fand sogar, es war besser so. Als er die fertige Projektmappe abgab, hoffte er insgeheim, dass daraus ein Handbuch entstehen würde. Und er hatte auch das Gefühl, dass Klarinde und er in ihrer Freundschaft einen großen Schritt nach vorn gemacht hatten. Sie waren ein perfektes Team: sie mit ihrer Magie und er mit seinem Sinn für Ordnung und Genauigkeit.

Am Montagmorgen stand Professor Helle an seinem Pult, um die Sieger des Naturkundeprojekts zu verkünden. Seine Hand ruhte auf einem wackeligen Stapel von Ordnern und Mappen. Paul linste zu Tasmina und Viktoria hinüber, die einen sehr zuversichtlichen Eindruck machten. Dann wandte er sich Klarinde zu. Sie kitzelte sich mit einer Feder an der Nase, und er musste grinsen. Und als er sich umsah, stellte er fest, dass alle anderen auch grinsten und lachten. Irgendwie schaffte sie es, die Schule allein mit ihrer Anwesenheit zu einem fröhlicheren Ort zu machen. *Kaum zu glauben, dass ich sie früher so nervig fand,* dachte er. *Jetzt kommt es mir vor, als wären wir schon ewig Freunde.*

Gespannt wie ein Flitzebogen schaute er den hohen Stapel auf dem Pult von oben bis unten durch. Er hatte eine rote Mappe benutzt, die er eigentlich sofort hätte erkennen müssen.

»Komisch, ich kann unser Projekt nicht finden«, flüsterte er Klarinde zu. »Siehst du es?«

»Oh, es ist da«, antwortete sie unbekümmert, »aber es ist nicht mehr in der blöden roten Mappe.«

Paul blieb das Herz stehen, und seine gute Laune war wie weggeblasen. »Was meinst du damit?«

»Das war so nicht richtig. Deshalb habe ich es geändert.«

Paul starrte sie entgeistert an. Doch er wusste, dass es in Krisensituationen wichtig war, ruhig zu bleiben. »Aber ich habe stundenlang daran gearbeitet. Was soll das heißen, du hast es geändert?«

»Na ja, es hatte eigentlich nicht viel Ähnlichkeit mit dem Garten«, erklärte sie. »Alles durchnummerisiert, das fühlte sich nicht richtig an. Der Garten fand das auch. Deshalb habe ich letzte Nacht etwas Besseres gemacht.« Sie nieste laut, und ihre Feder flog davon.

Bevor Paul reagieren konnte, zog Professor Helle einen großen Papierbogen aus dem Stapel und hielt ihn hoch.

Aus seinen akkuraten Listen von Bäumen, Sträuchern und Tieren war eine stümperhafte Karte des Gartens von Haus Krähenhorst geworden! Sie war mit brauner Tinte gezeichnet und mit Flecken übersät. In der Mitte prangte ein großer Baum voller Vögel. Als weiterer Hinweis stand »ZU VIELE FÖGEL« daneben. Bestimmte Bereiche waren als »stachelig«, »dornig« und »matschig« gekennzeichnet, und bei dem Gebüsch in der hintersten Ecke stand einfach nur »ACHTUNG«. Einige Pflanzen waren aufgeführt, von denen Paul noch nie gehört hatte. Zur Erklärung stand »gut gegn Schmerzn und Leidn« dabei. Ein Pfeil mit dem Hinweis »STURMWOLF« zeigte hinter den Gartenschuppen. Alle lateinischen Namen waren durchgestrichen, und die Pflanzen trugen nun Namen wie »Kuckucksliebe« oder »Schildkrötenschmaus«. Auch ein Rezept für Walnusstinte war auf der Karte zu finden. Paul entdeckte außerdem eine Gruppe von Käfern, die ein Spruchband mit der Aufschrift »Insektenhotel JETZT!« trugen, und einen Bereich für recycelte Milchflaschen und Aufkleber, auf dem »KOSSTBAR« stand. Darüber war

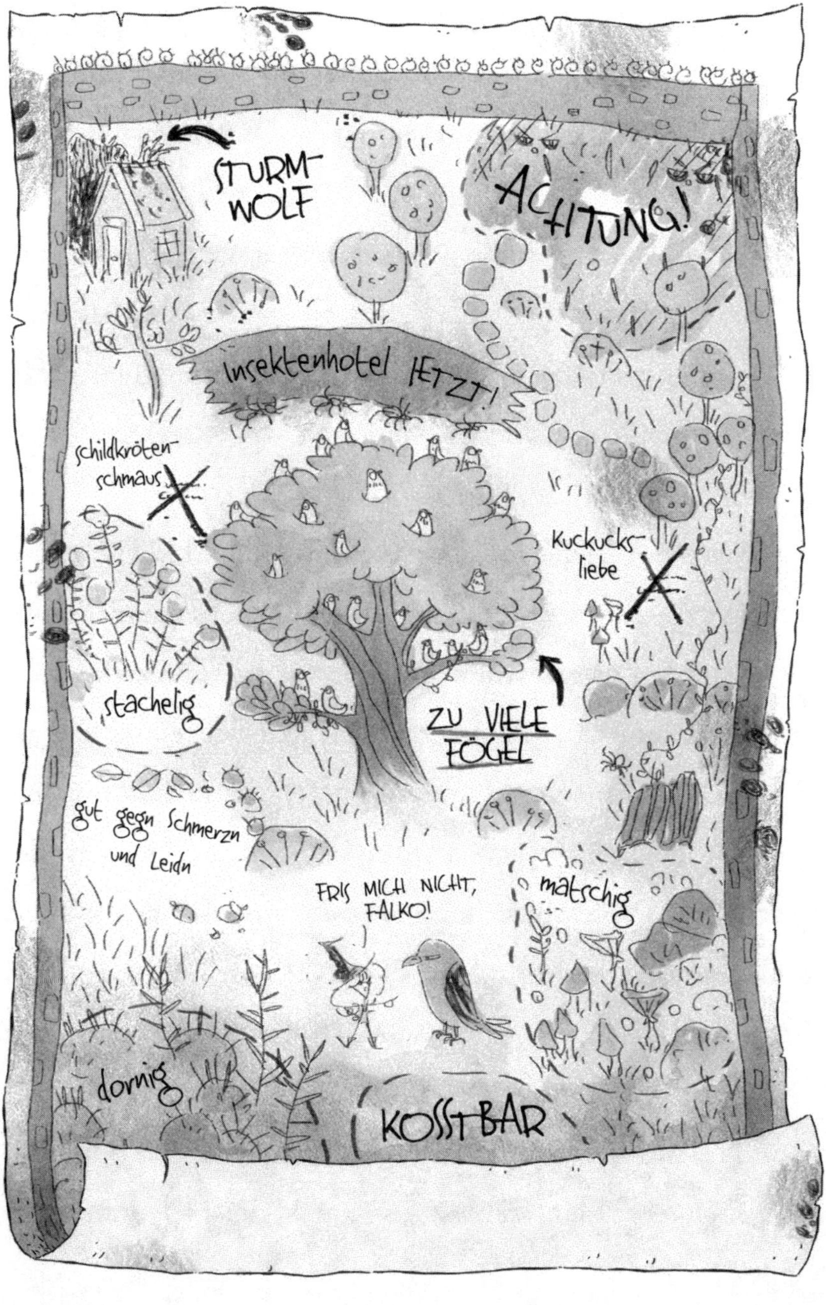
STURM-
WOLF
ACHTUNG!
Insektenhotel JETZT!
schildkröten-
schmaus
Kuckucks-
liebe
stachelig
ZU VIELE
FÖGEL
gut gegn Schmerzn
und Leidn
FRIS MICH NICHT,
FALKO!
matschig
dornig
KOSSTBAR

die winzige Klettenhexe zu sehen, die einem grimmigen Turmfalken mit der Faust drohte: »FRIS MICH NICHT, FALKO!«

Paul war außer sich. »Was hast du getan?«, fuhr er Klarinde an. »Das ist chaotisch und … und … albern und völlig unwissenschaftlich! Es kann ihm unmöglich gefallen!« Er schüttelte niedergeschlagen den Kopf. »Das ist richtig schlecht.«

»Das hier«, rief Professor Helle strahlend, »ist richtig, richtig gut! Ich würde sogar sagen, dass hier ein kreativer Geist am Werk war.« Er hielt die Karte so, dass alle sie sehen konnten. »Abgesehen von den Schreibfehlern ist dieses Team unserer Anregung gefolgt und hat mit viel Umweltbewusstsein etwas sehr Originelles, Fantasievolles geschaffen. Professor Bunsen fand das Projekt von Viktoria und Tasmina zur Ökologie der Abflussrinnen auf dem Schulhof besser, aber schlussendlich wurde er von mir und Direktorin Schneidig überstimmt. Diese Karte hier ist genau das, was wir von außergewöhnlich begabten Schülern wie euch erwarten. Sie ist ein gutes Beispiel dafür, wie

Kunst und Natur in perfekter Harmonie zusammenwirken. Ich freue mich also, verkünden zu können, dass die Sieger des Projekts Klarinde und Paul sind! Bitte kommt nach vorn und holt euch euren Preis ab!« Alle klatschten und jubelten – außer Viktoria. Sie war damit beschäftigt, die arme Tasmina bitterböse anzustarren.

Professor Helle überreichte Klarinde das Insektenhotel, und als er einen goldenen Stern auf ihre Karte klebte, platzte sie fast vor Stolz. Die anderen freuten sich für sie und lobten ihre fantastische Arbeit. Paul war ein echter Glückspilz, meinten sie, weil er so eine witzige, kluge, kreative Freundin hatte. Paul lächelte mit zusammengebissenen Zähnen und klammerte sich so fest an die Tischkante, dass seine Fingerknöchel weiß wurden.

14

So beliebt wie Masern

Paul stellte fest, dass er sich zu früh gefreut hatte. Dabei hätte ihm eigentlich klar sein müssen, dass eine Freundschaft mit einer Hexe nichts als Ärger bedeutete. Er hielt alles in seinem Tagebuch fest:

> Dienstag: schlechter Tag. Habe mein Schließfach geöffnet, und Hunderte Lakritz-Schnüre rutschten heraus. Zettel auf der Innenseite der Tür:
>
> Geschenk fon Klarinde

PS: Habe nicht alle Lagritze im Kiosk für dich geklaud.
PPS: Das war GELOGEN!

Wollte sie zurückbringen, aber Professor Bunsen hat mich dabei erwischt. Nachsitzen.
Mittwoch: ganz übler Tag. Klarinde hat das Fach unter Viktorias Tisch mit Molchen gefüllt. Alle haben gelacht (nur Viktoria nicht, die wie am Spieß geschrien hat). Ich bekam Ärger aufgrund von »unsachgemäßem Umgang mit Amphibien«.
Donnerstag: furchtbarer Tag. Klarinde meinte, das mit den Molchen täte ihr leid und sie hätte etwas gemacht, um mich »aufzumuntern«. Die Schulbibliothekarin war stinksauer, als sie merkte, dass mein Name in alle Bücher geschrieben war. Nachsitzen wegen »mutwilliger Beschädigung«.

Freitag: Katastrophaler Tag. Klarinde kletterte auf das rutschige nasse Dach, um mit den Elstern zu tanzen. Die ganze Schule schaute zu und feuerte sie an. Ich wollte sie herunterholen, aber Professor Bunsen sah, wie ich das Regenrohr hochkletterte. Nachsitzen infolge »gefährlichen Verhaltens«. ECHT UNGERECHT!

Samstag: Habe mich in meinem Zimmer verkrochen und die Vorhänge zugemacht. Klarinde hat Walnüsse an mein Fenster geworfen. Vielleicht läuft es nächste Woche besser.

* * *

Aber mit der Zeit schien alles nur noch schlimmer zu werden. Paul fiel auf, dass ihn alle Lehrer schräg ansahen. Wenn er anbot, etwas für sie zu erledigen, sagten sie »nein, danke« oder lachten einfach nur nervös. Er wurde nicht mehr gebeten, das Klassenbuch ins Büro zu bringen, und er wurde nicht mehr zur Aufsicht eingeteilt. Und wenn er den kleinsten Fehler machte, wiesen alle darauf hin. Wo früher neben seinem Namen goldene Sterne geklebt hatten, standen jetzt viele Minuspunkte. Irgendwie gehörte er jetzt zu den »ungezogenen Jungen«, obwohl er nichts dafür konnte.

Klarinde hingegen hätte nicht beliebter sein können. Sie gründete einen Natur-Verein, für den es besondere Mitgliedsabzeichen aus Walnussschalen gab. Bei den Treffen in den Mittagspausen erzählte sie lustige Geschichten über Vögel, von denen jeder begeistert war. Sie führte vor versammelter Runde einige »unglaubliche« Zaubertricks vor, und die anderen bewunderten sie. Manche Kinder kämmten sich nicht mehr die Haare und steckten Zweige und Federn hinein, weil sie aussehen wollten wie sie. Professor Bunsen überreichte ihr den Pokal für besondere Leistungen, den sie bis zum Halbjahresende zu Hause behalten konnte. Und jeden Tag lagen neue Geburtstagseinladungen auf ihrem Tisch. Jeder wollte mit dem lustigen kleinen Mädchen im Hexenkostüm befreundet sein. Klarinde hatte jede Menge

Spaß und brauchte niemanden mehr zu beduseln. Und Paul war ungefähr so beliebt wie Masern.

Eines Nachmittags, als sie zusammen nach Hause gingen, stapfte Paul schweigend vor sich hin. Er ließ den Kopf hängen und hatte die Hände tief in seinen Hosentaschen vergraben. Klarinde hüpfte neben ihm her und dachte fröhlich daran zurück, wie sehr Professor Helle über ihren urkomischen Eichhörnchen-Witz gelacht hatte. Plötzlich fiel ihr auf, dass Paul ziemlich unglücklich aussah.

»Was ist los?«, fragte sie. »Du machst ein Gesicht wie sieben Tage Regenwetter.«

Paul blieb vor dem Tor von Haus Krähenhorst stehen und drehte sich ruckartig zu ihr um. »Was los ist?« Er traute seinen Ohren nicht. »Du bist mir vielleicht eine Freundin! Weißt du es wirklich nicht? Es gibt JEMANDEN, der mich andauernd in Schwierigkeiten bringt, das ist los!«

Klarinde runzelte die Stirn. »Oh je, oh nein!« Sie holte ihr Grimoire hervor, leckte an ihrem schmutzigen Zeigefinger und blätterte darin. Aus der Hecke, die anscheinend voll von Vögeln war, ertönte aufgeregtes Zwitschern und

Tschilpen. »Ja, genau. Hier steht, es könnte das Werk von einem bösen Tassenrüttler-Wind sein«, sagte sie und sah auf. »Oder von einem Dreschflegel oder vielleicht sogar von einem Hörnerstoßer!«

»Haha, sehr witzig.« Paul öffnete das Tor und ging ins Haus. Er war zu niedergeschlagen zum Streiten.

»Kopf hoch, Paul«, rief Klarinde ihm nach und winkte mit ihrem Zauberbuch. »Freunde passen aufeinander auf. Du kannst dich darauf verlassen, dass Klarinde alles in Ordnung bringt. Keine Angst!«

Paul verzog mürrisch das Gesicht und knallte die Haustür hinter sich zu. Wer Freunde wie Klarinde hatte, brauchte keine Feinde mehr.

15

Katzenklau

Paul wälzte sich die halbe Nacht schlaflos im Bett herum. Das Klettenhexen-Problem bereitete ihm Albträume. »Warum um alles in der Welt habe ich es für eine gute Idee gehalten, mich mit einer Hexe anzufreunden?«, ärgerte er sich. Er hatte ernsthafte Bedenken. »Kein Wunder, dass die Leute ihnen früher aus dem Weg gegangen sind. Ich muss verrückt gewesen sein!«

Als die Sonne am nächsten Morgen über die Gartenmauer guckte, hatte Paul eine Entscheidung getroffen. Er hatte die Nase voll. Er wollte nicht mehr Klarindes Freund sein. Er hatte sein Bestes gegeben und alles getan, was die Bücher empfohlen hatten: Er war geduldig, aufmerksam, fürsorglich und liebevoll gewesen. Aber es war einfach zu schwierig, mit einer Hexe befreundet zu sein. Er hatte es satt; er war unbeliebter als jemals zuvor, und wenn es so weiterging, flog er am Ende noch von der Schule.

Paul nahm seinen ganzen Mut zusammen. Er musste es ihr einfach geradeheraus sagen, und wenn es ihr nicht passte, dann hatte sie eben Pech gehabt. Er ging in den Garten, um Klarinde zu suchen, aber auf ihrem Walnussbaum war sie nicht. Insgeheim erleichtert machte er sich auf den Weg zur Schule.

* * *

Als er ins Klassenzimmer kam, waren seine Mitschüler schon höchst aktiv. »Was ist los?«, fragte Paul und sah sich um. Alle hatten ihre Filzstifte auf dem Tisch und malten Plakate.

»Es geht um Newton«, sagte Nikos aufgeregt. »Er ist verschwunden! Wir wissen nicht, ob er GESTOHLEN wurde oder einfach weggelaufen ist.«

Paul beurteilte die Lage mit seinem messerscharfen Verstand: Newton war ein ziemlich dicker Kater. Es war eher unwahrscheinlich, dass er irgendwohin gelaufen war. Schon von klein auf hatte er auf dem Schulgelände gelebt, und er hatte es noch nie verlassen. Ihn musste also jemand gestohlen haben. »Der arme Newton!«, sagte Paul. »Das ist ja *schrecklich*!« Aber zumindest traf ihn diesmal keine Schuld, weshalb er im Grunde sehr erleichtert war. Doch deswegen bekam er sofort Gewissensbisse.

Viktoria kam zu ihm herüber. Sie guckte so listig wie ein Fuchs. »Wo ist die kleine Hexe? Sie steckt bestimmt dahinter«, sagte sie.

»Wie kommst du darauf?«

»Tja, du weißt schon«, sagte sie mit einem Augenzwinkern. »Hexen, Besen und ... *Katzen*?«

Trotz allem, was geschehen war, hatte Paul das Gefühl, Klarinde verteidigen zu müssen. Sie nervte zwar, aber das wollte er vor Viktoria nicht zugeben. Diese Genugtuung wollte er ihr nicht lassen. »Red keinen Unsinn, Viktoria. Ich sagte doch, sie gibt nur vor, eine Hexe zu sein. Sie hat gar keinen Besen. Und wenn du sie besser kennen würdest, wüsstest du, dass sie Katzen überhaupt nicht mag.«

Viktoria zog beleidigt ab, und Paul machte sich gleich an die Arbeit. Er zeichnete eine genaue Karte der Umgebung und markierte alle Möglichkeiten, wo Newton sein konnte. Auch die Wahrscheinlichkeit, ihn an den jeweiligen Stellen zu finden, schrieb er dazu. Dann stellte er einen Suchtrupp zusammen, und sie klebten ihre Plakate gemeinsam an Laternenpfähle und Mauern. Sie durchkämmten die Schule nach Beweismaterial wie Pfotenabdrücken und orangeroten Katzenhaaren und nach Hinweisen auf einen Kampf. Vielleicht hatte er sich ja gegen seinen Fänger gewehrt.

Doch wie sehr sie sich auch bemühten, sie konnten Newton nirgendwo finden. »Irgendjemand *muss* ihn doch gesehen haben«, sagte Paul. »Es ist mir wirklich ein Rätsel!« Obwohl er den Fall noch nicht gelöst hatte, war er zum ersten Mal seit Tagen sehr zufrieden mit sich. Er wusste, dass er gute Arbeit leistete, wenn Klarinde nicht da war und Chaos stiftete.

Kurz vor der Mittagspause steckte die Direktorin den Kopf zur Klassentür herein. »Entschuldigen Sie, Professor Helle, ich würde gern mit Paul sprechen – in meinem Büro.«

Paul zuckte erschrocken zusammen. Die Direktorin bestellte Schüler nur in ihr Büro, wenn sie etwas besonders gut oder besonders schlecht gemacht hatten. Er sah sich beklommen in der Klasse um. War Klarinde etwa aufgetaucht? Nein, zu seiner Erleichterung war sie nicht da, und er beruhigte sich wieder.

Als er Frau Schneidig den Flur entlang folgte, dachte er sich, dass sie ihn wahrscheinlich für seine Ermittlungsarbeit loben wollte. Schließlich war es wichtig, bei einem schwierigen Fall wie diesem sehr gründlich zu sein. Und weil er kein Hexen-Erzieher mehr sein wollte, würde er vielleicht später Detektiv werden oder womöglich sogar Polizeichef. Inzwischen hatte er eine viel bessere Laune als am Morgen. Er war fast wieder der Alte. *Was für einen Unterschied ein paar Stunden machen können,* dachte er.

Die Direktorin öffnete die Tür zu ihrem Büro, und Paul erblickte zu seiner Überraschung einen Polizeibeamten, der eine knurrende orangerote Katze in den Armen hielt.

»Newton!«, rief er begeistert. »Du bist wieder da! Das ist ja großartig. Die Plakat-Aktion hat schneller funktioniert, als ich dachte. Wo warst du so lange?« Paul grinste vor Freude von einem Ohr zum anderen, bis er merkte, dass er der Einzige war, der ein fröhliches Gesicht machte.

»Bitte setz dich, Paul«, sagte Frau Schneidig ernst. Als er ihrer Aufforderung folgte, gab sie ihm einen Brief. Er war in einer Krakelschrift geschrieben, die Paul sehr bekannt vorkam. Ihm gefror das Blut in den Adern.

Ich, Paul (der besteste Freund von der Klettenhexe), erkläre hiermit, dass der Kater Newtn ein schreklicher STÖRENFRID, LAUSCHER und SCHNÜFFLER ist und eine üble FLOHSCHLEUDER. Ich habe ihn gefangen genommen und liefere ihn an Sie aus, damit er hundert Jare hinder Gittern schmort.

Gezeichnet Paul Dorian

Paul war fassungslos. »Aber … aber … das habe ich nicht geschrieben! Sie müssen mir glauben! Das ist nicht meine Schrift – und solche Schreibfehler mache ich auch nicht!«

Die Direktorin schüttelte den Kopf.

»Ich wünschte, ich könnte dir glauben, Paul, aber sehen wir uns einmal dein Betragen in letzter Zeit an.« Sie setzte ihre Lesebrille auf und öffnete einen Aktenordner. »Professor Bunsen in der Gerätekammer eingesperrt, den Küchenraum in die Luft gejagt, mutwillige Beschädigung, unsachgemäßer Umgang mit Amphibien, gefährliches Verhalten, Diebstahl … und jetzt auch noch Tier-Entführung. Mit Lügen machst du es nur noch schlimmer.« Sie nahm ihre Brille ab. »Du hast mich sehr enttäuscht.«

Paul war völlig niedergeschlagen.

»Junger Mann«, sagte der Polizeibeamte, »ich habe keine Zeit dafür, Katzen hinter Gitter zu bringen. Wir haben genug damit zu tun, kriminelle Menschen zu verhaften.« An seiner Uniform waren mittlerweile so viele Katzenhaare, dass man einen orangeroten Poncho daraus hätte stricken können.

Paul versuchte, sich auf das Gespräch zu konzentrieren, aber er wurde davon abgelenkt, dass vor dem Fenster ein schwarzer spitzer Hut auf und ab wippte. Newton sah ihn auch. Er sprang dem Polizisten fauchend aus dem Arm und rannte davon.

»Es tut mir leid, Paul«, fuhr die Direktorin fort, »aber so ein schlechtes Benehmen können wir an unserer Schule nicht dulden. Hier dreht sich alles um Spitzenleistungen. Ich muss mich deshalb dafür aussprechen, dass du **von der Schule verwiesen wirst.**«

»Nein!« Paul sprang entsetzt auf. In seinen Augen brannten Tränen. Das konnte nicht wahr sein! Er war fassungslos. Wenn er die Maria-Makellos-Schule für Hochbegabte verlassen musste, brach für ihn die Welt zusammen. Bei der Vorstellung, wieder an seine alte Schule geschickt zu werden, packte ihn das kalte Grausen. »Bitte nicht, Frau Schneidig!«, wimmerte er. »Ich ... ich kann das alles erklären!«

Aber weil er es ihr natürlich nicht erklären konnte, begann er zu betteln. »Bitte, ich verspreche, *dass so etwas nie wieder* passiert. Ich tue alles! Bitte geben Sie mir noch eine Chance. Es war ein furchtbares Missverständnis. Ich werde Sie nicht enttäuschen. Sie müssen mir glauben. *Bitte*!«

Die Direktorin sah ihn eine Weile prüfend an, und schließlich entspannte sich ihre Miene ein wenig. »Du scheinst es wirklich zu bedauern, und ich muss zugeben, dass wir große Hoffnungen in dich gesetzt hatten. Du bist einer der besten Schüler, die sich hier jemals um ein Stipendium beworben haben.« Sie holte ein Infoblatt aus ihrer Schublade und legte es ihm hin. »Du sollst deine Chance bekommen. Ich gebe dir die Möglichkeit zu beweisen, dass du einen Platz an dieser Schule verdient hast.«

Paul nahm sich das Infoblatt und las.

25. Quiz-Meisterschaft für Schüler
Anmeldung ab sofort!

Frau Schneidig brachte ihn zur Tür. »Stell ein Gewinnerteam für unsere Schule zusammen!« Sie deutete auf den Kalender. »Du hast zwei Wochen Zeit für die Vorbereitungen. Zeig mir, dass du ein Schüler bist, auf den man hier stolz sein kann. Hol den Pokal nach Hause, sonst …« Die Tür fiel mit einem Rums hinter ihm ins Schloss.

Pauls Herz machte einen Sprung. Er wusste natürlich über die Quiz-Meisterschaft Bescheid, die vor den Ferien stattfand. Es gab sie schon seit vierundzwanzig Jahren, und die Maria-Makellos-Schule war jedes Mal dabei gewesen. Die Meisterschaft war der Höhepunkt eines jeden Schuljahrs. Paul wusste außerdem, dass im Schulschrank vierundzwanzig Siegerpokale standen. Bei so vielen begabten Kindern war es eine große Ehre, die Schule vertreten zu können. Die Verantwortung war riesengroß. Und für Paul war ein Traum wahr geworden, weil er sogar Teamchef sein durfte. Es war, als wäre er mit knapper Not einem gefährlichen Hai entkommen und auf einmal irgendwie in einem Meer aus köstlicher Schokolade gelandet.

Plötzlich entdeckte er die Klettenhexe am Ende des Flurs. Sie schaute um die Ecke und machte das Daumenhoch-Zeichen. Paul hätte sie erwürgen und gleichzeitig umarmen können.

Sie ging mit ihm zurück ins Klassenzimmer. »Eine Schande, dass Newton zurückgebracht wurde, aber er hat seine Lektion gelernt, genau wie der böse Gelehrte«, sagte sie. »Als du mir anvertrautet hast, dass dich jemand in Schwierigkeiten bringt, wusste ich sofort, dass du diesen Kater meinst. Gleich am ersten Tag habe ich zu mir gesagt: ›Klarinde, dieses orange Vieh ist ein Spion und Verräter.‹ Wusstest du, dass Katzen Vögel fressen? Das geht doch nicht! Glaub mir, er ist ein frutzeliger alter Gauner, und jeder weiß es.« Sie zwinkerte ihm verschwörerisch zu. »Ich konnte nicht hören, was da drin los war. Aber ich wollte, dass sie denken, dass du diese ausgezeichneteste Idee hattest. Deshalb habe ich den Zettel hinterlassen. Grips muss man haben!« Sie tippte sich an den Kopf. »Aber du musst dich nicht bei mir bedanken. Ich bin keine Schönwetterfreundin, Paul. Ich halte zu dir, ob es regnet oder schneit.«

Paul sah Klarinde in ihr ehrliches, stolzes Gesicht. Wie konnte er ihr jetzt sagen, dass er nicht mehr ihr Freund sein wollte? Die Worte blieben ihm wie Fischgräten im Hals stecken. Freundschaft war in Wirklichkeit sehr viel komplizierter, als die Bücher es dargestellt hatten. Er bewunderte Klarinde für ihre Fähigkeit, bei allem gut wegzukommen – das war wahrhaftig eine Begabung. Auch wenn sie an ihm hing wie eine Klette. Doch nun war er wieder auf dem Weg nach oben, an die Spitze, und das hatte er ihr zu verdanken. Er musste die Nachricht von der Quiz-Meisterschaft nur noch ein Weilchen geheim halten.

* * *

Professor Helle wartete an der Tür des Klassenzimmers auf sie. Er strahlte über das ganze Gesicht.

»Gratulation!«, sagte er und schüttelte Paul die Hand. »Was für eine Wende!« Er blickte in die Runde. »Aufgepasst, Leute, Paul wird der neue Chef des Teams für die Quiz-Meisterschaft!« Alle standen auf und klatschten Beifall. »Gute Nachrichten verbreiten sich schnell«, sagte der Professor augenzwinkernd. »Du darfst uns nicht enttäuschen. Es ist eine schwierige Aufgabe, das richtige Team zusammenzustellen.«

Klarindes Augen leuchteten vor Begeisterung. Sie klatschte voller Freude in ihre schmutzigen Hände. »Ein

Team? Für ein Kwitz? Warum hast du nichts gesagt, Paul? Das ist wirklich eine gute Nachricht, weil ich nämlich unheimlich gut in Kwitzen bin. Ich weiß eine Menge. Ich weiß, wie man einen Igel hypnotisiert und wie viele Vögel in einen Mülleimerdeckel passen. Ich kann sogar mit der Nase Flöte spielen.«

Paul biss die Zähne zusammen und lächelte höflich. Er brauchte einen Plan, und dieser Plan musste hexensicher sein.

16

Unübergleichlich

Die Warteschlange der Bewerber für das Schulteam war sehr, sehr lang, und Paul war so beliebt wie noch nie. »Nimm mich, Paul, nimm mich!« Weil jedes Kind an der Schule eine Art Genie war, hatte er die Qual der Wahl. Es gab nämlich nur fünf Plätze, und einer davon ging an ihn. Paul überlegte lange, bis er die vier fähigsten Mitschüler für sein Traumteam gefunden hatte. Er notierte die Namen in seinem Buch.

Astrid Olsen: Astrophysikerin und Mathematikerin aus Schweden. Hat einen Planeten entdeckt. Sehr ernsthaft und hochintelligent.

Angus MacAlister: olympiaverdächtiges Sport-Genie. Groß, fröhlich und nett.

Nikos Theofanis: griechischer Stipendiat. Spricht acht Sprachen. Schüchtern, klein, Superhirn.

Fenella O'Donel: Autorin. Hatte mit acht Jahren schon fünf Bücher über Shakespeare herausgebracht. Clever, aber trübselig.

Genau solche Freunde hatte er gesucht, als er an die Schule gekommen war: unglaublich schlau, organisiert, begabt und anständig gekleidet. Es waren Leute wie er. Er kopierte die Liste und hängte sie ans Schwarze Brett. Im Nu versammelten sich zahlreiche Schüler davor, und Klarinde drängelte sich nach vorn durch, um sie näher zu prüfen. Ihre Nase klebte förmlich auf dem Papier.

»Das stimmt so nicht!« Sie zeigte auf die Liste. »Da fehlt mein Name!«

Paul zog sie zur Seite. »Es tut mir leid, Klarinde, ich konnte dich beim besten Willen nicht in das Team aufnehmen«, flüsterte er ihr zu. »Du bist einfach zu ... äh ... zu ...« Klarindes Nasenflügel blähten sich, und ihre Augenbrauen zogen sich unheilvoll zusammen. Paul merkte, dass sie kurz vor einem Wutanfall stand. »Bitte ... äh ... Klarinde, sei nicht so! Ich kann es dir erklären. Weißt du, es liegt daran, dass du einfach ... zu clever bist. Du bist so clever, dass wir womöglich disqualifiziert werden würden, wenn du im Team wärst. Wir dürfen nicht vergessen, dass du eine echte Hexe bist. Dieses Risiko können wir nicht eingehen. Denk an die Schule!«

Klarinde schnaufte und ächzte. Sie schmollte und seufzte, aber am Ende musste sie zugeben, dass Paul recht hatte: Sie war wirklich zu clever. Immerhin hatte Professor Helle sie ein Genie genannt und ihr einen goldenen Stern gegeben. Das war nun mal Tatsache.

»Gut, aber ich glaube, ich sollte dabei sein, wenn ihr übt. Damit ich aufpassen kann, dass ihr auch die richtigen Sachen lernt. Was meinst du?«

»Das wäre bestimmt sehr nützlich«, sagte Paul, obwohl er seine Zweifel hatte. »Du musst unbedingt kommen.«

Bei dem ersten Übungstreffen am folgenden Tag stand Klarinde pünktlich und voller Tatendrang auf der Matte. Paul nahm sie zur Seite und gab ihr einen Packen Bücher.

»Was ist das?«, fragte sie misstrauisch.

»Die sind für dich, Klarinde.«

»Wozu sind sie gut?«

»In den Büchern tauchen Tiere auf.« Paul senkte die Stimme. »Sie sind sehr magisch.«

»Welche Art Magie?«

»Numerologie. Magische Zahlen.«

Klarinde sah sich eins der Bücher von allen Seiten an, blätterte darin und schüttelte es. »Pff. Verstehe ich nicht. Keine Zauberformeln? Das klingt höchst ungewöhnlichst.«

»Ja, weil es absolut ungewöhnlich ist. Du musst nur die Zahlen mit diesem ... Zauberschreiber verbinden, und dann kommt die Magie zum Vorschein, direkt vor deinen Augen.« Paul gab ihr einen Stift, führte sie in den Nebenraum und machte die Tür hinter ihr zu.

Klarinde hatte großen Spaß an den Zahlenbildern. Deshalb vergingen zwei Wochen, ohne dass Paul auch nur ein Mal Ärger bekam. Es war der Himmel auf Erden. Das Quiz-Team übte und übte in der Bücherei, bis alle perfekt vorbereitet waren. Sie kannten alle Hauptstädte der Welt, alle Hunderassen, alle Flüsse. Sie konnten sämtliche Symphonien von Bach im Schlaf aufsagen und komplizierte mathematische Gleichungen in Sekundenschnelle lösen. Sie hatten die Grundlagen der Nanotechnologie ebenso drauf wie die lateinische Bezeichnung für Gorilla *(Gorilla gorilla)*. Sie waren bereit, den fünfundzwanzigsten Sieg in Folge für ihre Schule zu erringen.

Am Tag vor der Quiz-Meisterschaft brachte Fenella ein Stofftier mit, eine Eule. »Das ist unser Maskottchen«, erklärte sie fröhlich. »Es soll uns Glück bringen. Eulen sind klug und gelehrig, genau wie wir.« Sie drückte die Stoffeule an sich, und schon kamen ihr die Tränen. »Sie heißt Kuschelchen.«

Zu Pauls Schrecken trat Klarinde plötzlich hinter einem Bücherregal hervor.

»Nein«, sagte sie, ergriff Kuschelchen und warf sie in den Papierkorb. »Nein, nein, nein! EULEN bringen KEIN Glück, und klug sind sie auch nicht. Das wird euch jeder andere Vogel bestätigen. Sie tun so, als wüssten sie alles, aber sie haben nur Quark im Kopf. Das Einzige, was Eulen gut können, ist in die Gegend starren.« Klarinde guckte wie eine Eule, und Angus musste lachen. Fenellas Unterlippe zitterte.

»Was für ein Quatsch«, sagte Klarinde seufzend und verdrehte die Augen. »Ich dachte, ihr wärt so schlau. Denkt doch mal nach – Eulen können nicht mal Farben erkennen! Was ihr braucht, ist ein Dachs. Ich kann euch einen echten holen, wenn ihr wollt. Er heißt Meister Brummbart und kommt heute oder morgen aus dem Gefängnis.«

»Nein, danke«, sagte Paul schnell, nahm Kuschelchen aus dem Papierkorb und gab sie Fenella zurück. »Ist nicht nötig.«

Dann hatte Klarinde einen Geistesblitz: »Wie wäre es denn, wenn *ich* euer Maskottchen bin?«, rief sie mit leuchtenden Augen.

»Das Wort *Maskottchen*«, sagte Nikos und rückte seine Brille zurecht, »kommt übrigens von *masco*. Das ist ein altes französisches Wort und bedeutet *Hexe*.«

»Seht ihr?«, sagte Klarinde. »Das ist der Beweis. Jeder weiß, dass Hexen Glück bringen. Hexen sind unübergleichlich!«

Angus grinste. »Klingt nach einer großartigen Idee. Ein bisschen Magie kann nicht schaden. Willkommen im

Team!«, sagte er und klatschte Klarinde so fest ab, dass sie sich im Kreis drehte. Paul wurde nervös. So war das nicht geplant! Die Maskottchen-Frage hatte er nicht bedacht. Er musste sich schnell etwas überlegen, denn Klarinde durfte *auf keinen Fall* mitkommen. Was so wichtige Dinge wie Quiz-Meisterschaften anging, war sie *nicht* »unübergleichlich«, was immer das bedeuten mochte. Sie war vielmehr der Sand im Getriebe, der Quertreiber, das Haar in der Suppe.

Paul sagte das Erste, was ihm einfiel. Er wusste, dass seine Mutter einverstanden sein würde. »Äh ... die Sache ist die, Klarinde. Meine Mama macht morgen eine RIESIGE Torte für den Fall, dass wir gewinnen«, erklärte er. »Und sie hat gestern noch zu mir gesagt, dass sie deine Hilfe gut gebrauchen könnte.« Es war eine glatte Lüge, und er kam sich wie ein Verräter vor.

»Eine riesige Torte? Und ich soll ihr helfen?« Klarinde leckte sich die Lippen.

»Ja, eine echt gewaltige Torte.« Nachdem er einmal mit dem Lügen angefangen hatte, konnte er auch weitermachen.

»Mit Sahne und Marmelade und Zuckerguss und Silberkügelchen und Streuseln und Schokolade.«

»Wirklich?« Ihre Augen wurden so groß wie Untertassen.

»Ja, wirklich«, antwortete Paul. Er spürte, dass er sie im Grunde schon überzeugt hatte. »Sie wird ungefähr so groß wie du.«

Klarinde lief das Wasser im Mund zusammen. »Das ist natürlich eine wichtige Aufgabe. Tut mir leid, Team, aber meine Pläne haben sich geändert.« Sie rieb sich den Bauch, und Paul atmete erleichtert auf. Bei der Vorstellung, Klarinde als Maskottchen mitzunehmen, war ihm richtig schwummerig geworden.

Am nächsten Morgen fuhr der Kleinbus vollgepackt mit singenden Schülern und Lehrern los. Paul rückte seine Krawatte zurecht, kontrollierte seinen Sicherheitsgurt und lehnte sich zurück. Endlich war es so weit. Er würde sein Team zum Sieg führen und seinen guten Ruf wiederherstellen – und die Klettenhexe konnte ihm nicht in die Quere kommen. Sie war bei seiner Mutter in der Küche in sicherer Verwahrung.

Aber in seine Vorfreude mischten sich Gewissensbisse. *Klarinde hätte bestimmt Spaß an unserem Ausflug gehabt,* dachte er, als er aus dem Busfenster schaute. Doch er konnte einfach nicht das Risiko eingehen, dass sie ihm alle Chancen verdarb. Er musste es allein machen. Als er sich in dem vollen Kleinbus umsah – die vorn zusammengequetschten Lehrer trugen Blumen im Knopfloch und sangen ausgelassen die Schulhymne –, tröstete er sich damit, dass sowieso kein Platz mehr frei war. Er entspannte sich und lächelte leise. »Hier drin weht auch kein Windchen, und das könnte sie nicht ertragen.«

* * *

Aber zum Glück gab es auf dem Dach des Kleinbusses jede Menge Wind. Klarinde hielt ihren Hut fest, winkte den vorbeifahrenden Autos zu und hatte einen Riesenspaß.

17

Quiz-Beschiss

Bei der Ankunft an der Wettkampfhalle stellte Paul fest, dass auf dem Parkplatz schon eine Menge Busse standen. Aus allen Ecken des Landes waren Schüler angereist, und es gab viele verschiedene Schulwappen zu sehen: Drachen, Adler, Einhörner und Schlösser. »Wow!«, sagte Astrid, als sie das Meer aus bunten Schulfahnen erblickte. »Ziemlich viel Konkurrenz!«

»Und jeder will den Pokal haben«, sagte Paul ernst. »Also denkt dran, Leute – es ist unsere Aufgabe, ihn uns zu sichern!«

Die Lehrer der verschiedenen Schulen begrüßten sich und schüttelten sich die Hände. Ihre schwarzen Roben und Halstücher flatterten wie Segel im Wind. Sie waren genauso aufgeregt wie die Kinder, freuten sich auf die Ferien, schwenkten die Arme und sangen alte Schullieder.

Als die Formalitäten erledigt waren, ging es endlich los. Alle hatten ihre Namensschildchen angesteckt, ihre Krawatten gerichtet und schnell noch einmal die Haare gekämmt. Die Teams wurden in die große Halle geführt, wo zunächst die Vorrunden stattfanden. Das Licht war gedämpft, und alle nahmen ihre Plätze ein. Dann gingen sämtliche Scheinwerfer an, und der Quizmaster kam unter tosendem Beifall auf die Bühne.

»Herzlich willkommen alle miteinander zur fünfundzwanzigsten Quiz-Meisterschaft für Schüler! Bewahrt Ruhe, arbeitet zusammen und vergesst nicht: Das Wissen entscheidet! Möge das beste Team gewinnen!« Eine Glocke ertönte, und der Wettkampf begann.

Zum ersten Mal seit Jahren fühlte sich Paul pudelwohl. Er war völlig entspannt und gelassen. Seine Nervosität war verschwunden, und sein Team beantwortete eine Frage nach der anderen, während die Schulkameraden sie anfeuerten. Keine Frage war zu schwierig für sie. Das Nationaltier von China? Einfach. Die größte Wüste der Erde? Kein Problem. Sie glänzten mit ihrem Wissen, sie sprühten vor Intelligenz. Es dauerte nicht lange, bis sie die ersten drei Runden gewonnen hatten.

Nun kam die Ausscheidungsrunde, und eine Schule nach der anderen flog aus dem Wettbewerb. Am Ende waren nur noch zwei Teams übrig, und eins davon war das der Maria-Makellos-Schule. Paul, Fenella, Angus, Nikos und Astrid sprangen jubelnd auf und klatschten sich ab. Was für eine fantastische Leistung! Paul hatte wahrhaftig ein hervorragendes Team zusammengestellt, und die Direktorin applaudierte so heftig, dass er dachte, ihr würden die Arme abfallen. Als sie ihm ein strahlendes Lächeln zuwarf, begann er allmählich zu glauben, dass alle Sorgen hinter ihm lagen.

»Ah, auch diesmal wieder, die sagenhafte Maria-Makellos-Schule!«, sagte der Quizmaster und kam zu ihnen an den Tisch. »Es wundert mich nicht besonders, euch im Finale zu sehen, aber ich gratuliere euch herzlich dazu, dass ihr es so weit gebracht habt. Bitte kommt mit in den

Gemeinschaftsraum der Finalisten. Ich möchte euch eure Finalgegner vorstellen.« Er zeigte einen Flur entlang.

Während sie hinter ihm hergingen, diskutierten sie darüber, wer ihre Gegner sein könnten.

»Ob es die von der Laterna-Schule sind? Oder die von der Phönix-Privatschule?«, sagte Nikos. »Die haben kluge Köpfe in ihrem Team.«

Astrid spielte nachdenklich an ihren Zöpfen. »Sankt Peter wäre auch möglich. Die waren unheimlich gut in quadratischen Gleichungen.«

»Es ist bestimmt die Auenwald-Schule.« Fenella stieß einen tiefen Seufzer aus und ließ sich auf einen Stuhl fallen. »Die muss man erst mal schlagen.«

»Mal schauen«, sagte der Quizmaster und ging die Liste auf seinem Klemmbrett durch. »Eure Gegner sind ...« Er hielt inne und schaute noch einmal auf die Liste. »Na, das ist aber eine Überraschung! Sie sind zum ersten Mal dabei. Es sind die Schüler von der Brutus-Akademie der Heiligen und Helden.« Paul sah seine Teamkameraden verdutzt an. B.A.H.H.? Nein, diese Schule kannte keiner von ihnen.

»Und da kommen sie auch schon«, sagte der Quizmaster, als Schritte auf dem Flur zu hören waren. »Ich lasse euch allein, damit ihr euch ein bisschen kennenlernen könnt. Bin gleich wieder da.«

Als er den Raum verließ, kam das Brutus-Team herein. Paul wollte den Jungen höflich die Hand geben. »Hallo! Schön, dass wir uns kennenlernen. Wir sind das Team von der ...« Aber der andere Teamchef ließ ihn nicht ausreden und packte ihn an seiner Krawatte.

»Halt die Klappe! Mir ist egal, woher ihr kommt«, sagte er höhnisch. »Ich bin Robert Stänker, und alles, was ich wissen muss, ist, dass ihr SCHWÄCHLINGE und VERLIERER seid.« Er wandte sich dem großen Jungen an seiner Seite zu. »Sag ihnen, was mit Verlierern passiert, Bert.«

Bert hatte angefangen, die auf dem Tisch bereitliegenden Bleistifte zu zerbrechen, und hielt verwirrt inne. »Äh ... öh ... die verlieren?« Er warf einen Radiergummi in die Luft, fing ihn mit dem Mund auf und zerkaute ihn wie eine Erdnuss.

Robert rollte genervt mit den Augen und drehte sich wieder um. »Jetzt passt mal auf, ihr erbärmlichen Streber!« Er baute sich so dicht vor Paul auf, dass sich ihre Nasen berührten. Paul fiel der Hammer in dem Brutus-Wappen an seiner Jackentasche auf. »Ihr werdet heute nur in einem gut sein, und zwar im Verlieren. Habt ihr das verstanden? Ihr werdet VERLIEREN. Die Brutus-Akademie gewinnt

IMMER!« Seine Teamkameraden begannen, mit den Füßen zu stampfen, und trommelten sich auf die Brust wie Gorillas. »B.A.H.H.! B.A.H.H.! B.A.H.H.!«, riefen sie.

Robert ließ Paul los, schubste ihn auf einen Sessel und fegte Nikos dabei die Brille von der Nase. Zwei andere Jungen schnappten sich Astrids Rucksack und warfen ihn sich zu, bis ihr Taschenrechner herausfiel.

»He, was soll das?«, schimpfte Astrid. »Das ist mein viertbester wissenschaftlicher Taschenrechner.« Die Brutus-Jungen brachen in schallendes Gelächter aus, hoben ihn auf und warfen ihn aus dem Fenster. Er segelte knapp an einer einbeinigen Taube vorbei, die auf der Fensterbank saß.

Paul wusste, dass er etwas unternehmen musste. Fenella zitterte wie ein Windhund, und selbst der kräftige Angus war vor Schreck wie gelähmt. Sie hatten noch nie mit Leuten zu tun gehabt, die ihre Fähigkeit lieber mit den Fäusten bewiesen statt mit dem Gehirn. Es war ein Schock für sie, und ihnen fehlten ausnahmsweise einmal die Worte.

In diesem Moment erschien der Quizmaster in der Tür, und die Brutus-Schüler grinsten ihn fröhlich an. »Na, habt ihr euch angefreundet? Seid ihr bereit?«, fragte er. Als er Pauls besorgte Miene sah, schnalzte er mit der Zunge. »Mach dir keine Gedanken, Junge, es ist nur ein Quiz!«

Robert warf ihnen einen drohenden Blick zu. »Ja, genau, nur ein Quiz.« Bert knackte mit den Knöcheln, und Fenella wimmerte leise. »Möge das bessere Team gewinnen!«, sagte Robert, schnippte mit den Fingern und stürmte mit seinem Team in Richtung Halle.

Pauls Team war zutiefst erschüttert. Zuerst sagte niemand etwas, dann raunte Angus ihm zu: »Für mich sehen die nicht aus wie Heilige und Helden. Du bist der Teamchef. Was sollen wir tun?«

»Wir müssen natürlich verlieren«, warf Astrid ein und zog nervös an ihren Zöpfen. »Ihr habt gesehen, was sie mit meinem Taschenrechner gemacht haben. Was glaubt ihr, was sie mit uns machen, wenn wir gewinnen? Sie pulverisieren uns! Sie schlagen uns zu Brei! Wir sind Denker, keine Schläger.«

»Sie hat recht.« Nikos klappte seine Brille zusammen und steckte sie fein säuberlich in die Jackentasche. »Tut mir leid, Paul, aber die sind mir einfach zu gefährlich. Meine Brille ist ganz neu, und wenn sie kaputtgeht, wird meine Mutter total sauer.«

Fenella sagte keinen Ton. Sie drückte Kuschelchen an sich und schaute traurig nach draußen auf den Parkplatz, wo Astrids zerschmetterter Taschenrechner lag.

Auf einmal fühlte sich Paul sehr allein. Plötzlich vermisste er Klarinde ganz furchtbar und wünschte sich sehnlich, sie wäre da. Sie hätte ihn nicht im Stich gelassen. Sie war klein, aber mächtig und ließ sich nicht so leicht einschüchtern. Sie hatte vor niemandem Angst. Aber er war so dumm gewesen, sie abzuweisen. Dabei hätte er sie dringend gebraucht. Er und sein blöder hexensicherer Plan waren schuld daran, dass sie jetzt zu Hause war und eine Siegertorte mit Silberkügelchen verzierte, die gar nicht benötigt wurde. Klarinde wäre ein prima Maskottchen gewesen, garantiert besser als irgendeine dumme Eule.

Ich bin ein Idiot, dachte er. *Nein, schlimmer noch, ich bin ein schlechter Freund und ein ...* Mistbock, *und wenn ich mir nicht schleunigst etwas einfallen lasse, bin ich bald ein Mistbock, der von der Schule fliegt*. Dann hatte er eine Idee: eine Rede! Er musste eine flammende Rede halten, die in seinem Team für Zusammenhalt und Heldenmut sorgte. In der Geschichte der Menschheit hatte es schon viele solcher großen Reden gegeben, und er hatte gelesen, dass sie immer funktioniert hatten. Außerdem war er ein Spitzenschüler und hatte drei Jahre in Folge den Titel »Vernünftigster Junge der Schule« bekommen.

Paul stellte sich auf einen Stuhl. Das tat er normalerweise nicht, schon gar nicht mit Schuhen, aber in dieser Situation hielt er es für angebracht.

»Hört mir mal alle zu!«, rief er und klang dabei mutiger als er sich fühlte. »Wir sind Denker, aber heute müssen wir über uns hinauswachsen. Heute müssen wir KÄMPFER sein – ein Team, das mit vereinten Kräften gegen Rüpel und Raufbolde kämpft, gegen Angst und Unterdrückung. Die FEDER ist mächtiger als das SCHWERT! Wir sind hier im Namen unserer geliebten Schule, und wir werden nicht aufgeben! Ein HOCH auf unsere Schule!« Er nahm die Stoffeule von Fenella und hielt sie mit einer triumphierenden Geste in die Luft. »WIR GEBEN NICHT AUF! WER IST DABEI, FREUNDE?«

Seine Teamkameraden schauten zu Boden und scharrten mit den Füßen. Niemand wollte dabei sein. Paul musste sich eingestehen, dass er wieder einmal allein dastand.

18

Wer zuletzt lacht …

Die Halle war ein Meer aus Farben. Jubelnde Schülerinnen und Schüler schwenkten Tücher und Fahnen. Sie standen auf ihren Plätzen und klatschten sich die Hände wund. Die Aufregung war riesig.

»Willkommen zum Finale der fünfundzwanzigsten Quiz-Meisterschaft für Schüler!« Der Quizmaster betrat die Bühne und bekam großen Applaus. »Zu meiner Rechten habe ich hier das Team von der Brutus-Akademie der Heiligen und Helden.« Die Brutus-Jungen machten grunzend einen Faustcheck. »Und zu meiner Linken habe ich die amtierenden Meister, die Maria-Makellos-Schule für Hochbegabte.« Es gab Hurrarufe aus dem Publikum, während Paul und seine Kameraden niedergeschlagen ihren Buzzer anstarrten.

»Also dann«, sagte der Quizmaster und mischte seine Karten. »Viel Erfolg! Hier ist die erste Frage: Wie heißt die Hauptstadt von Ungarn?«

Paul kannte die Antwort. Sein ganzes Team kannte sie, aber keiner drückte den Buzzer. Wenigstens konnten die Brutus-Jungen keine Punkte machen, wenn sie die Lösung nicht wussten.

»Kommt schon, das ist eine einfache Frage! Wer weiß es? Die Hauptstadt von Ungarn?« Der Quizmaster sah enttäuscht aus. Robert Stänker fummelte an seinem Ohr herum.

»Nicht zu fassen!«, raunte Paul Nikos zu. »Hast du das gesehen? Er hat einen Knopf im Ohr – irgendeiner von den Zuschauern steckt ihnen die Antworten!«

»Äh … Budapest?«

»Richtig! Punkt für das Brutus-Team.«

Was für eine Ungerechtigkeit! Paul wurde furchtbar wütend. Die Gemeinheit der anderen war eine Sache, aber dieser dreiste Betrug war einfach zu viel. Er hob die Hand, um Protest einzulegen, aber Nikos zog seinen Arm schnell wieder herunter. »Ich würde hier gern lebendig rauskommen«, zischte er.

»Ja, lass es, Paul«, flüsterte Angus ihm zu. Sie saßen stocksteif da wie verängstigte Kaninchen.

Frau Schneidig und Professor Helle wechselten besorgte, enttäuschte Blicke.

Das Brutus-Team erreichte schnell eine ansehnliche Punktzahl, während die Anzeige für Pauls Team auf null stehen blieb. *Die ganze Arbeit, die vielen Übungsstunden,* dachte Paul verzweifelt. *Es war alles umsonst, und jetzt fliege ich garantiert von der Schule.* Er ließ seinen Kopf auf den Tisch sinken – der Traum war ausgeträumt.

Der Quizmaster machte weiter: »Vervollständigt die folgende Aufzählung von Sammelbegriffen. »Eine Rotte Wildschweine, ein Rudel Löwen, ein Schwarm …?«

Robert fummelte wieder an seinem Ohr herum und haute auf den Buzzer. »Krähen! Die Antwort ist Krähen!«

»Richtig! Welcher Planet ist von der Sonne aus gesehen der sechste im Planetensystem?«

»Krah!« Aus Roberts Mund kam nur ein Krächzen.

Der Quizmaster sah von seinen Karten auf. »Wie bitte?«

Robert schluckte, räusperte sich und versuchte es noch einmal. »Krah!« Er schlug entsetzt die Hand vor den Mund.

Paul hob überrascht den Kopf. Hatte Robert gerade wie eine Krähe geklungen?

»Das ist falsch«, sagte der Quizmaster. »Ein Punkt Abzug. Die richtige Antwort ist Saturn. In welchem Jahr wurde der Verdienstorden zum ersten Mal verliehen?«

Robert schlug wütend mit der Hand auf den Buzzer: »Krah!«

Die Zuschauer brachen in Gelächter aus, weil sie es für einen Witz hielten. Nur Paul wusste, dass es keiner war. Sein Herz machte einen Sprung. Er kannte nur eine, die Leute zum Krächzen bringen konnte. Als er schnuppernd die Nase in die Luft hielt, nahm er einen schwachen waldigen Geruch wahr. Ein Fünkchen Hoffnung keimte auf, und er sah sich unauffällig in der Halle um.

Roberts Teamkameraden mussten kichern, aber es kamen nur Vogellaute aus ihren Mündern. Sie zwitscherten, piepsten, tschilpten und gackerten. Einer von ihnen pickte an dem Buzzer herum, und ein anderer schlug mit den Armen, als hätte er Flügel. Bert hüpfte auf den Tisch und keckerte: »Be-trug-trug-trug! Be-trug-trug-trug!«

Paul stand auf und reckte den Hals. *Ist sie wirklich hier?*, dachte er und schirmte seine Augen gegen das grelle Scheinwerferlicht ab. *Ist sie wirklich gekommen, um mich zu retten, obwohl ich sie abgewimmelt habe?*

Und dann entdeckte er sie. Sie saß in der letzten Reihe und brüllte vor Lachen. Paul hätte vor Freude tanzen können! Er war noch nie so froh gewesen, Klarinde zu sehen.

Aber er durfte keine Zeit verlieren. Er hatte Verstärkung bekommen, und nun musste er die Katastrophe abwenden. Er schaute zu der Anzeigetafel, dann zu der großen Hallenuhr. Seinem Team blieben nur noch wenige Minuten.

Es war ein Wettlauf gegen die Zeit. Doch zum Glück wusste Paul eine zweite Chance zu nutzen, wenn er sie bekam.

Und so beantwortete er die nächsten Fragen in einem rasenden Tempo. »Wie heißt die Hauptstadt von Island?« – »Reykjavík.« ZACK! »Wie lautet die korrekte Anrede für einen Herzog?« – »Hoheit.« ZACK! »Wofür steht das K in J. K. Rowlings Namen?« – »Kathleen.« ZACK! Mit jeder richtigen Antwort schlossen sie zu dem außer Gefecht gesetzten Brutus-Team auf. Als Nikos, Angus, Astrid und Fenella sahen, wie knapp es war, stiegen sie wieder mit ein. »Moleküle!« »Nelson!« »Magensäure!« »1066!« Innerhalb von fünf Minuten war der Gleichstand fast erreicht: Die Brutus-Akademie hatte 108 Punkte und sie 107.

Robert Stänker riss Bert wutentbrannt einen Stift aus der Hand. Er schrieb die Antworten auf und hielt sie dem Quizmaster vor die Nase. »Krah!«, schrie er wie ein Verrückter. »Krah! Krah!«

Der Krähenfluch, der auf dem Brutus-Team lag, hätte eigentlich genügt, aber Paul war klar, dass Klarinde gerade erst in Fahrt kam. Sie wusste nicht, wann es genug war.

Sie kannte ihre Grenzen nicht – und er war ausnahmsweise einmal froh darüber. Während alle das Krähentheater auf der Bühne verfolgten, beobachtete Paul, wie Klarinde mit Schlamm eine Zauberformel an das große Fenster hinter der Zuschauertribüne schrieb.

Spatzen und Stare,
Amseln und Finken,
Krähen und Raben
will ich hier haben.

Sie zog ihre Latzhose hoch und kletterte auf die Fensterbank. Ihre Hände flogen nur so über die Scheibe, und sie schrieb schneller und immer schneller. Zwischen den Schlamm-Buchstaben tauchten Schnörkel und seltsame Symbole auf.

Klauen, Schnäbel, Federkleid,
kommt gleich schnell herbeigeeilt!
Trefft all euch hier an diesem Ort,
megatronisch ist das Zauberwort!

Ein kalter Luftzug fegte durch die Halle und verbreitete vertraute Gerüche: von Feuchtigkeit und Moos, von Frost und Rauch, von Erde und Asche. Die Zeit stand einen Augenblick lang still, und Paul hörte ein Flügelrauschen, das immer näher kam und immer lauter wurde. Es ähnelte dem Geräusch, das er an dem verhängnisvollen Tag auf dem Friedhof hinter der Schule wahrgenommen hatte. Nur klang es jetzt, als wäre eine ganze Armee im Anmarsch. Etwas Großes kündigte sich an.

Mit einem Mal riss Klarinde das Fenster auf, und Hunderte Vögel kamen hereingeflogen. Sie hatte sie mit ihrem Zauber zusammengerufen, und sie waren von überall gekommen: von Leitungsmasten und Hecken, aus Parks und Gärten, aus dunklen Wäldern, von Park- und Sportplätzen und von Bergen und Bauernhöfen. Es strömten so viele herein, dass es aussah, als hätten sich sämtliche Vögel des Landes in der Halle verabredet.

Schimpfende Spatzenhorden fielen über das Brutus-Team her. Stare pickten mit ihren spitzen Schnäbeln in den Haaren der Jungen herum, und Spechte hüpften an ihren Hosenbeinen hoch, um ihre Kniescheiben zu behacken. Gelbäugige Möwen marschierten quer über ihren Tisch, und Elstern klauten ihnen sämtliche glänzenden Jackenknöpfe, Stifte und Anstecker. Es war wirklich ein komischer Anblick, und die Zuschauer lachten schallend.

Und dann, als die Brutus-Jungen schon mit den Nerven am Ende waren, kamen die Schwalben zum Einsatz. Sie jagten in einem Wahnsinnstempo in die Halle und feuerten los. Innerhalb von Sekunden regnete es Vogeldreck auf die schicken blauen Jacken des Brutus-Teams. Eine Eulenfamilie brachte das Fass endgültig zum Überlaufen. Sie landete vor Bert auf dem Tisch und starrte ihn so lange an, bis er anfing zu weinen.

Paul schaute auf die Uhr – nur noch zehn Sekunden! Der Quizmaster machte tapfer weiter, während die Menge »TEAM PAUL! TEAM PAUL!« rief. Die Leute stampften mit den Füßen, bis die ganze Halle bebte. Direktorin Schneidig stand auf ihrem Stuhl und pfiff auf zwei Fingern. Nun waren beide Teams gleichauf, und Pauls Team musste nur noch eine Frage richtig beantworten, um zu gewinnen.

Paul drückte alle Daumen und Zehen, dass eine Frage kam, die sie beantworten konnten. »Bitte lass es eine Frage zu Fossilien sein oder zum Wetter oder zu Mathe!«

»Nun also die letzte Frage!«, brüllte der Quizmaster. Er hielt die Hand über den Kopf, um sich vor den kleinen, spitzen Krallen der Rotkehlchen zu schützen. »Wie lautet die korrekte Bezeichnung für das Zauberbuch von Hexen?«

Paul stand auf und schlug so fest auf den Buzzer, dass er auseinanderfiel. »GRIMOIRE!«, rief er lachend. Er konnte sein Glück kaum fassen. »Die Antwort ist Grimoire!«

»RICHTIG!« Der Gong ertönte, und die Zuschauer brachen in stürmischen Beifall aus.

19

Pokal für Paul

Die Vögel verschwanden so schnell, wie sie gekommen waren. Es war, als würden sie von einem himmlischen Staubsauger aus der Halle gesogen. Die jubelnden Zuschauer kletterten vor Begeisterung über Sitze, stolperten über Jacken und Taschen und liefen auf die Bühne. Paul wurde plötzlich von Dutzenden Händen hochgehoben. Obwohl der Quizmaster ein Mikrofon hatte, musste er schreien, um sich Gehör zu verschaffen. »Meine Damen und Herren, die Sieger der fünfundzwanzigsten Quiz-Meisterschaft für Schüler sind die amtierenden Meister – die Maria-Makellos-Schule für Hochbegabte!«

Direktorin Schneidig kam freudestrahlend mit dem Siegerpokal auf die Bühne. Sie überreichte ihn Paul mit einem Augenzwinkern, und in diesem perfekten, glorreichen Moment wusste er, dass sein Platz an der Schule sicher war. Er hielt triumphierend den Pokal hoch und sah sich nach Klarinde um, doch in dem ganzen Durcheinander konnte er sie nicht finden. »Klarinde, wo bist du? Klarinde!«, rief er über den Lärm hinweg, aber sie war nirgendwo zu sehen.

Auf der Heimfahrt sangen sie alle Siegerlieder, die sie kannten. Dann wurde es ruhiger im Bus. Die Kinder waren erschöpft, aber glücklich und unterhielten sich leise miteinander. Viktoria stand auf und arbeitete sich nach vorn durch. »Entschuldigen Sie, Frau Schneidig«, sagte sie und spitzte ihre Lippen. »Ich fürchte, ich muss Ihnen ein ernstliches Problem melden.«

Die Direktorin horchte auf und rückte ihre Brille zurecht. »Ja, Viktoria?«

Viktoria warf einen verschlagenen Blick in Pauls Richtung. Ihm rutschte das Herz in die Hose. Was hatte sie vor?

Nun setzte sie die Leidensmiene einer Heiligen auf. »Ich muss Ihnen bedauerlicherweise sagen, Frau Schneidig, dass die Klettenhexe für unseren Sieg verantwortlich ist. Paul und sein Team haben ihn nicht errungen. Wir haben durch Betrug gewonnen.«

Die Direktorin runzelte die Stirn. »Wovon um alles in der Welt redest du, Viktoria?« Sie schaute über die Schulter nach hinten. »Die Klettenhexe ist doch gar nicht im Bus.«

»Tja«, sagte Viktoria, »das weiß ich, aber irgendwie ist sie in die Halle gelangt. Keine Ahnung, wie sie es angestellt hat. Sie hat jedenfalls dafür gesorgt, dass die vielen Vögel kamen und das Brutus-Team angegriffen haben. Es ist nicht normal, dass ganze Vogelschwärme in Gebäuden auftauchen, oder? Und Ihnen ist bestimmt auch der merkwürdige Geruch aufgefallen. Ich denke, ich konnte beobachten, wie sie ...« Sie dämpfte ihre Stimme. »*Gezaubert* hat!« Sie hielt ihr Notizbuch hoch. »Sehen Sie, ich dokumentiere den Fall schon eine ganze Weile.« Viktoria hatte ein böses Funkeln in den Augen. Paul hätte gern fünf Meter lange Beine gehabt. Dann hätte er ihr kräftig vors Schienbein getreten.

Frau Schneidig hüstelte höflich und hielt die Hand vor den Mund, um ihr Lächeln zu verbergen. »Liebes Mädchen«, sagte sie, »ich weiß, dass Klarinde sich eigenartig kleidet, aber willst du wirklich behaupten, dass sie eine *echte* Hexe ist?«

»Ja.« Viktoria nickte und verschränkte die Arme vor der Brust. »Ich habe sogar ein schriftliches Geständnis als Beweis.«

Das Busradio, das bis zu diesem Moment klassische Musik gespielt hatte, wurde auf einmal viel lauter. Und statt Mozart war die Stimme einer Ansagerin zu hören.

»Wir unterbrechen das Programm, um Sie darüber zu informieren, dass in der Region merkwürdige Verhaltensweisen von Vögeln beobachtet wurden. Unser Experte sagt, das liegt an dem kräftigen Ostwind. Wie jeder weiß, macht er Vögel ganz kruselig im Kopf, sodass sie sich aufführen wie Dummdussel. Aber lassen Sie sich deswegen keine grauen Haare wachsen. Weitermachen! Beduselfix-beduselfix, hust, hust.«

Es rauschte und knackste im Radio, und dann kam wieder Musik. Frau Schneidig nahm ihre Brille ab und sah Viktoria streng an. »Siehst du, es gibt eine völlig vernünftige Erklärung dafür. Jetzt setz dich bitte wieder hin und merk dir, dass es keine Hexen gibt. Von einem begabten Mädchen wie dir hätte ich wirklich mehr erwartet, Viktoria. In unserer Schule sind solche Verrücktheiten nicht gut angesehen.« Nur Paul bemerkte den Schmetterling auf der Schulter der Direktorin. Er öffnete die Flügel und flog durch einen offenen Spalt im Fenster davon.

Viktoria kehrte mit gesenktem Kopf an ihren Platz zurück. Alle starrten sie an und tuschelten, und ihre Wangen brannten vor Scham. Als sie an Paul vorbeikam, brummelte er: »Tz, was für eine Mistziege.«

Als der Bus endlich auf dem Schulparkplatz ankam, stand Paul auf, drehte sich zu den anderen um und hielt sein Telefon hoch. »Alle mal herhören!«, rief er. »Ich möchte etwas bekannt geben. Ich habe nämlich gerade eine Nachricht von meiner Mutter bekommen. Sie hat eine tolle Spezial-Siegertorte für uns alle gebacken, die in der Aula bereitsteht. Sie ist riesig, ungefähr so groß wie ich, sodass jeder ein ordentliches Stück abkriegt!« Der ganze Bus brach in frenetischen Jubel aus, und Paul wusste, dass er endlich der beliebteste Junge der Schule war. Er platzte fast vor Stolz. Aber er wusste auch, dass er das alles nicht ohne die Hilfe seiner besten Freundin Klarinde geschafft hätte. Mit ihr wurde das Leben niemals langweilig, so viel war sicher. Er wünschte, sie wäre da, um den Sieg mit ihm zu feiern – das wäre wirklich das Sahnehäubchen auf der Torte!

Sobald die Bustüren aufgingen, begann ein wilder Ansturm auf die Aula. Paul nahm sich vor, ein großes Stück Torte für Klarinde aufzuheben, und klemmte sich den silbernen Pokal unter den Arm. *Ist schon merkwürdig, dass sie nicht hier ist,* dachte er, als er durch die Schwingtür in die Aula rannte. *Sie lässt sich doch sonst keinen Kuchen entgehen.* Aber eins hatte er von ihr gelernt: dass man nicht nach dem äußeren Anschein urteilen sollte.

Nachwort:
Süße Belohnung

Die Klettenhexe schlingerte schnaufend und keuchend mit der Schubkarre die Straße hinunter. Sie schob sie durch das Tor und über den holprigen Weg bis in den Garten. Es war ziemlich anstrengend, denn so ein Kuchen war viel schwerer, als er aussah, vor allem ein *ganzer* mit solchen Unmengen von silbernen Kügelchen und Schokostreuseln.

Die Vögel verfrachteten den Kuchen Krümel für Krümel auf die Äste ihres Walnussbaums, und Klarinde seufzte zufrieden. Paul konnte sich freuen, er war wirklich ein Glückspilz. Und er hatte sehr viel darüber gelernt, was es bedeutete, ein guter Freund zu sein. *Ich könnte ihm eigentlich ein Stück aufheben,* dachte sie.

Während sie genüsslich eine Handvoll Kuchen futterte, überlegte sie, ob sie auch etwas gelernt hatte. Sie wischte ihr Fernglas an ihrer schmutzigen Latzhose ab und lächelte. Natürlich nicht, denn sie wusste ja schon alles.

Wörderbuch

Firlefanz – siehe Zinnober

Flohschleuder – Katze

Flügelhorn – Blasinstrument, das Hexen nicht spielen können

Glattmacher – Bügeleisen

Glimmlicht – Kerzenschein

Grimoire – Mein geheimes Buch. Streng priwat. FINGER WECH! Sonst ...

Häuslinge – Leute, die in Häusern wohnen

Hitzekasten – Backofen

Hörnerstoßer – übellauniger Schafsgeist aus Norwegen

Klettenhexe – Meisterin der alten Magie, fast immer megatronisch, nur selten mittel. Allerbesteste Freundin

Lauscher – Katze

Potti – Kochtopf

Sapperlottchen! – Alle Achtung!

Schnüffler – Katze

Störenfrid – Katze

Tassenrüttler – böser Wind, der Tee kalt macht

Zauselkopf – die perfekte Frisur
(manchmal verknotet oder mit Fogelnestern)

Zinnober – unsinniger Schnickschnack, den Häuslinge
mögen. Siehe Firlefanz.

Gute alte Beleidigungen

Döspaddel

Beutelschneider

Blödhammel

Piesepampel

Faselhans

Mondkalb

Dummdussel

Frutzeler

Mistbock

Dreschflegel

Dummerjan

Tafelglotzer

Nörgelfritze

Schlampertatsch

Tranfunzel

Trübe Tasse

Zaubersprüche

Herbeirufung eines Wind-Ungeheuers

Lass Spinnweben schwingen
und Stöckchen fliegen,
wehe Rauch mit der Feder,
und der Wind braust reger.
Erst kommt er von Westen,
dann kommt er von Osten.
Dazu Erde, Wasser und Feuer,
dann erscheint es, das Wind-Ungeheuer.

Schutz gegen das Kahlwerden von Bäumen

Nimm eine Nuss,
kitzel einen Stein,
streichel eine Elster,
geh raus ganz allein.

Sechs für Silber,
sieben für Gold,
so wird er nicht kahl
und die Kälte sich trollt.

Krähenfluch

Ist Neumond vorbei,
kommt die beste Zeit.
Eisenhut und Veilchen,
Blutwurz, Wermut, alles bereit.
Fingertang und Wurmkraut hinzu,
und der Nordwind weht jähe,
dann geht er, der böse Frutzeler,
und krächzt wie eine Krähe.

Geburtstags-
Wunschliste

1. Meeresschaum
2. Osterei (blau)
3. Putzmittel für Fernglas
4. Dose voll Himbeerschnitten von Frau Mama

Wörder zum
Schimpfen und Fluchen

Fledermausdreck noch mal!

Verflixt und zugenäht!

Donnerlittchen!

Scheibenkleister!

Klarindes besteste und lustigsteste Witze

Frage: Welchen Pilz kann man nicht pflücken?

Antwort: Den Glückspilz.

Frage: Worauf reiten Hexen im Winter?

Antwort: Auf einem Schneebesen.

Frage: Warum springt der Frosch bei Regen in den Teich?

Antwort: Damit er nicht nass wird.

Frage: Was ist klein, fliegt durch die Luft und macht »mus, mus, mus«?

Antwort: Eine Biene im Rückwärtsgang.

Frage: Was sieht wie ein halber Walnussbaum aus?

Antwort: Die andere Hälfte.

Frage: Welcher Zahn beißt nicht?

Antwort: Der Löwenzahn.

Rezeptur für Walnusstinte…

- 25 schwarze, alte Walnuss-Außenschalen sammeln.
- In einen Topf geben, eine Tasse Essig dazugießen und mit Wasser bedecken.
- Zum Kochen bringen und 20 Minuten köcheln lassen.
- Kalt werden lassen und durch ein Sieb schütten. Vorsicht, schlimme Sauerei.
- Zum Aufschreiben von sehr wichtigen und schönen Dingen mit einer Krähenfeder benutzen.

Wissenswert

Frage: Wie viele Fögel passen in einen Mülleimer-Deckel?

Antwort: 20 Krähen

oder 10 Raben

oder 105 Rotkehlchen

(oder 124 Kleinfögel aller Art. Ungefähr.)

S.P.U.K.

Sammler paranormaler Unregelmäßigkeiten

Denzel sitzt über seinen Hausaufgaben, als er plötzlich spürt, dass er nicht mehr allein ist. Eine rauchige schwarze Masse mit langen Tentakeln klemmt in einer Zimmerecke und Denzel kann gerade noch in Sicherheit springen, als die Wand explodiert. Die S.P.U.K.-Geisterjäger stürmen sein Wohnzimmer und danach ist nichts mehr, wie es vorher war.

Band 1: Das Tentakel-Spektakel
ISBN 978-3-505-14193-5

In einer finsteren Nacht stehen Denzel und Schmitti am Wasser auf einer New Yorker Landungsbrücke, als diese plötzlich zu beben beginnt … Ehe es die frischgebackenen S.P.U.K.-Geisterjäger richtig begreifen, splittert schon das Holz unter ihren Füßen und eine gigantische Haifischflosse steuert direkt auf sie zu!

Band 2: Die Monsterhai-Misere
ISBN 978-3-505-14200-0

Barry Hutchison
S.P.U.K. - Sammler paranormaler Unregelmäßigkeiten
Je 256-288 Seiten, gebunden
€ 14,00 [D]

---

w.schneiderbuch.de

Schneiderbuch
EGMONT

Leseprobe

Laura Ellen Anderson

AMALIA VON FLATTER

Vampire tanzen nicht mit Feen

Kapitel 1

Fatal-geniale Falafeln

Es war eine trübe, düstere Mittwochnacht in Nokturnia. Gerade hatte es vier Uhr früh geschlagen. Gräfin Frivoletta von Flatter nippte an ihrer Tasse Brülltee und trommelte mit ihren langen, schwarzen Fingernägeln auf die große Tafel im Speisezimmer.

»Drakon, mein Dunkler, der *Barbarische Ball* ist schon in drei Nächten«, gurrte sie. »Wir müssen noch die Einladungen verschicken, das Essen und die Musik planen – da fällt mir ein, hast du die *Heulenden Wölfe* gebucht?«

Graf Drakons Augen weiteten sich. »Ähm … ich rufe sie gleich an, mein liebstes Rattenhirn.«

»Bitte zieh deinen besten Frack an, nicht wieder eins von deinen Hawaii-Friedhofs-Hemden. Und irgendwie müssen wir auch noch den Koboldglibber vom letzten Jahr entfernen …«

(Die Glibberspuren, die Kobolde überall hinterließen, waren berüchtigt – klebriger als der klebrigste Superkleber und unmöglich abzukriegen.)

»Nicht schon wieder der *Barbarische Ball*«, stöhnte Amalia von Flatter und ließ sich gegen die Lehne ihres Stuhls fallen. »Da kommen nur lauter alte Ungeheuer, und alle tragen viel zu viele Rüschen und stinken bestialisch nach Eau de Moder.«

Amalia würde viel lieber mit ihren Freunden Flora und Todd spielen, als zum *Barbarischen Ball* zu gehen.

»Amalia von Flatter!«, sagte die Gräfin streng. »Schluss mit diesem Unkenfug. Erstens ist Eau de Moder der erlesenste Duft von ganz Nokturnia – vergorene Fledermausspucke und ein Hauch Gammelbanane! Und zweitens ist der *Barbarische Ball* eine Familientradition. Da können wir allen zeigen, wie flattertastisch die von Flatters sind.«

Der *Barbarische Ball* war *das* alljährliche Ereignis in Nokturnia. Er wurde seit Generationen von der Familie von Flatter veranstaltet, und nur die allergrässlichsten Gruselgestalten waren eingeladen.

»Aber es ist immer total langweilig«, grummelte Amalia. »Wenn bloß mal jemand in meinem Alter da wäre.«

»Du weißt doch, dass der Ball nur für Erwachsene ist«, erwiderte die Gräfin.

»Also muss ich auch nicht hin?«, fragte Amalia hoffnungsvoll.

»*Natürlich* musst du hin«, meinte ihre Mutter mit einem fröhlichen Lächeln. »Du musst schließlich lernen, wie man einen flattertastischen *Barbarischen Ball* organisiert, damit du die Tradition später einmal fortführen kannst.«

»Und was, wenn ich das gar nicht will?«, brummte Amalia. »Ich will Kürbisologie studieren und armen Kürbissen in Not helfen.«

Gräfin Frivoletta brach in schallendes Gelächter aus. »Sei nicht albern, mein kleiner Garstling. Du bringst noch mein Augen-Make-up zum Verlaufen.«

Sie schaute rasch in den Spiegel hinter sich und warf sich einen Luftkuss zu. (Es heißt ja, Vampire hätten kein Spiegelbild, aber das ist reiner Unkenfug. Und niemand liebte sein Spiegelbild so sehr wie Gräfin Frivoletta.) »Mit dem ganzen Gegrabe würdest du dir bloß die zarten

Vampirfinger ruinieren. Und jetzt setz dich gerade hin, das Abendessen wird serviert. Buh!«

Ein Geist kam würdevoll hereingeschwebt. In der Hand hielt er eine Platte mit etwas, das aussah wie ein Haufen großer Popel.

Amalia seufzte. Es war sinnlos zu versuchen, ihrer Mutter zu erklären, was *sie* wollte. Als eine von Flatter musste Amalia unzählige Stunden Vampir-Benimmunterricht, Spinnennetzweben und schier endlose Vorbereitungen für den *Barbarischen Ball* über sich ergehen lassen. Manchmal wünschte sie wirklich, sie würde zu einer anderen Familie gehören.

»Die fatal-genialen Falafeln, Eure Düsterkeit«, verkündete Buh. Er war der angesehenste Geisterbutler in ganz Nokturnia.

(Anders als allgemein angenommen, trinken Vampire gar kein Blut – davon kriegen sie Mundgeruch.)

»Danke, Buh«, sagte die Gräfin.

Amalia verschränkte missmutig die Arme und schnippte ein Stück Falafel auf den Boden. Ihr Hauskürbis Kürbinian verschlang es gierig, bevor er auf ihren Schoß hüpfte.

Amalia kicherte. »Hallo, Kürbinian! Willst du noch mehr Falafeln? Die schmecken dir ja am allerbesten, nicht wahr?«

Kürbinian wackelte zustimmend mit dem Stiel.

Amalia schob sich eine Gabel Schwefelspinat in den Mund. »Vielleicht kommt dieses Jahr auch König Vladimir zum Ball«, nuschelte sie.

»Bestimmt nicht«, erwiderte Gräfin Frivoletta. »Seit dem Feenvorfall hat er den Palast nicht verlassen.«

Sie wendete sich an ihren Gatten. »Drakon, mein grauseliges Gnomgesicht, du könntest dich wirklich mehr um den König bemühen. Ihr wart früher so gute Freunde.«

Graf Drakon stieß einen tiefen Seufzer aus. »Das hat keinen Zweck, mein schauderhafter

Stinke-Atem. Er will niemanden sehen oder sprechen.«

»Schade«, meinte Frivoletta. »Seit ihr euch nicht mehr zum Augapfelboccia trefft, bist du ganz besessen von diesen Wortkreuzrätseln …«

»Kreuzworträtseln, meine Liebe«, verbesserte Graf Drakon sie.

»Aber wenn der König unsere Einladung zum Ball *doch* annimmt, bringt er dann auch seinen Sohn mit?«, fragte Amalia, und ihre Miene hellte sich auf. »Oder darf Prinz Marillo nicht kommen, weil er nicht *erwachsen* ist?«

»Prinz Marillo ist der zukünftige König! Er ist *immer* willkommen«, flötete die Gräfin.

»Aber vergiss nicht, dass seine Mutter von einer Fee gefressen wurde, Amalia«, wandte Graf Drakon ein. »Es würde mich wundern, wenn der König ihn je wieder aus dem Palast lässt.«

»Grinsender Grottenolm, ich würde verrückt werden, wenn ich nicht raus zu meinen Freunden dürfte«, erwiderte Amalia.

»Genug geschnattert, mein kleiner Garstling. Jetzt iss auf, bevor deine Falafel kalt werden, und dann ab ins Bett mit dir.« Gräfin Frivoletta kniff Amalia in die Wange. »Schließlich soll deine Haut schön fahl und totenbleich bleiben.«

»Aber Muuum, heute kommt das Finale des *Großen Grabsteingravierens* im Fernsehen. Kann ich nicht noch ein bisschen aufbleiben?«, bettelte Amalia.

Plötzlich dröhnte ein ohrenbetäubendes

BOOOOOOOOOONG!

durch die Villa von Flatter.

»Erwarten wir heute noch Besuch, meine schwabbelige Schweißdrüse?«, fragte Gräfin Frivoletta ihren Gatten. Ohne auf seine Antwort zu warten, rief sie: »Buh, schau bitte sofort nach, wer es ist.«

Einen Augenblick später brachte Buh einen goldenen Umschlag. »Ein Brief für Euch, Eure Düsterkeit. Vom König.«

KAPITEL 2

FLORA UND TODD

»DER KÖNIG KOMMT PFUM BALL?«, schrie Flora Zottelzeh. Sie war Amalias beste Freundin und schrie eigentlich immer. Sie war eins achtzig groß und von Kopf bis Fuß behaart. Alles an ihr war GEWALTIG. Selbst ihre Stimme. Aber dafür auch ihr Herz. Das übrigens ebenfalls behaart war.

Amalia, Kürbinian und Flora saßen unter dem Versteinerten-Baum-der-wie-ein-Einhorn-aussieht, wo sie sich jede Nacht vor der Schule trafen.

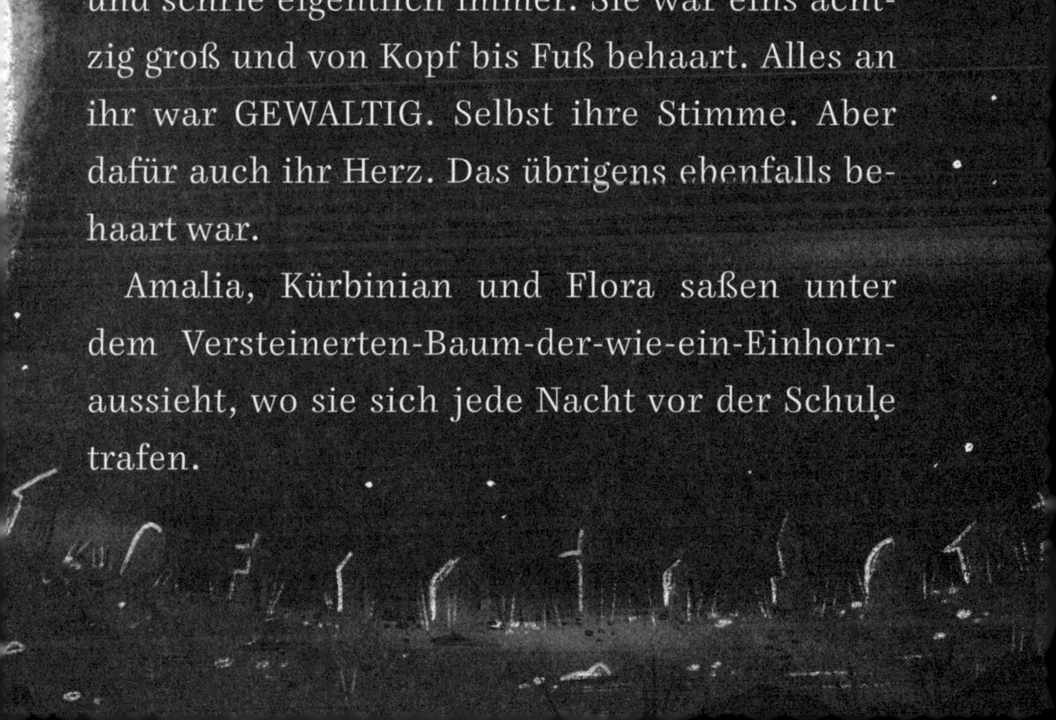

»WIE AUFREGEND!«, schrie Flora und machte sich über eine Schüssel Hornflakes her.

»Und er bringt den Prinzen mit«, ergänzte Amalia begeistert. »Dann hab ich endlich jemanden in meinem Alter, mit dem ich spielen kann. Obwohl es mir natürlich am liebsten wäre, wenn Todd und du kommen könntet.«

»SCHON OKAY«, sagte Flora und legte Amalia einen haarigen Arm um die Schultern. »ICH WÜRD BLOF ALLE NEIDISCH MACHEN MIT MEINEM TOLLEN AUFFEHEN.« Sie grinste und entblößte spitze Zähne, die in alle Richtungen standen. Die Freundinnen lachten los.

Kürbinian hüpfte prustend auf und ab, bevor er sich auf Amalias Schoß kuschelte und sich den Bauch streicheln ließ.